스핀오프

스 핀 오 프

강대호 연작소설집

2022
문학실험실

프란츠 카프카

선생님은 전에 엄마 아빠한테 내가 우리 반에서
제일 뒤처지는 아이라고 말씀하셨다. 하지만 나는
오늘 유치원의 3차원에다 별을 하나 만들었다.*

이 저택의 건축가는—그렇지 않을까 싶은데— 그 자
신의 가장 중요한 본분일지도 모를 완벽한 건축에의 소
명을 저버릴 정도로, 혹은 그런 저버림을 자각할 판단력
조차 잃어버릴 정도로 체코의 한 유대계 작가에게서 지
나친 감명을 받았던 게 분명하다. 그것이 아니라면 이
괴상망측한 저택을 지탱하는 복잡다단하면서도 무용한

* James E. Gunn, "Kindergarten", *Galaxy Science Fiction*, April 1970.

구조에 대한 적절한 변명을 찾기 어려운데, 이를 설명하기 위해선 우선 물리적 형태—저택을 이루는 기둥들과 복도들, 그리고 그 복도를 두르고 있는 무수한 방—에 대해 말하기에 앞서, 한없이 무한대에 수렴하는 가정부들에 대해 말해야 한다. 이 가정부들은, 어떻게 하면 그처럼 무책임한 방식으로 그들 모두를 하나의 공간, 실은 누구도 그것을 하나라고 인식하지 못할 정도로 세세하게 나뉘고 얽혀 이미 국가라고 불러도 될 만한 그 공간 속에서 전체 시스템이 마비될 수준의 사고 하나 없이 적절한 운용이 이루어지는지는 영원한 미스터리였지만, 아무런 계급적 차등 없이, 그러니까 모두 가정부라는 직책으로 불렸다. 그 호명이 단순한 보여주기식의 공평함이 아니라는 것을 증명하듯 그들은 서로를 나이나 성별, 인종 따위의 구분 없이 누구누구 씨, 하고 불렀는데—물론 모든 집단에는 규칙에 포섭되지 않는 사람들이 생겨났고, 또 그런 사람들은 대개 하나의 집단에 자신의 존재를 적극적으로 드러내기를 좋아하기 마련이어서, 규칙의 공정함이나 집단 내 개개의 인격적인 수준과는 관계없이, 이를테면 연례행사처럼, 마치 매년 피해갈 수 없는 계절병처럼, 가정부들 사이에서 누구누구

씨, 하는 호칭에 대해 오히려 그것이 서로에게 지나친 예의를 강요한다는 점에서 불만이 생기는 일이 일어나기도 했는데, 그 문제는 잠시 차치하도록 하자—, 한 가지 짚어두어야 할 점은, 그들 가정부 사이에서 자리 잡은 공평함이란 그저 호칭과 서로를 대하는 방식에만 한정된 것이지, 말하자면 그들 사이의 계급적이거나 명예적 영역에서의 평등함이었을 뿐이지, 아주 본질적인 영역으로서의 평등함을 의미하는 건 아니었다는 것이다. 왜냐하면 이 저택, 그 불가해한 미로 속에는, 물리적 복잡함을 유지하기 위해서 아주 많은 종류의 할 일이 존재했고, 그래서 가정부들에게는 각기 가장 가정부다운 일처럼 여겨지는 빨래에서부터 저택의 경비나 보수를 담당하는 목수 일까지 다양한 일들이 배정되어 있었으므로, 모든 종류의 일이 동시에 붐비거나 한가한 상황이 벌어지지 않는 이상, 또 설령 굉장한 우연으로 잠시 그런 일치가 일어난다 하더라도, 그들이 부여받은 업무의 본질적인 차이를 뒤엎을 순 없었기 때문에, 동일한 임금과 전혀 상관없이 그들의 근무 환경은 천차만별일 수밖에 없었던 것이다. 이 극단적인 분화를 가장 난해하고 난처하게 만들었던 것은 아무래도 이들 가정부 밑에 배정된 또 다른 가정부들이었는데, 그러니까 이들 가정부에겐 각기 자신의 빨래와 집 청소 같은 여타 자질구레한 일들을 해결해주기 위한 가정부가 적게는 세 명 많게는 열 명 가까이 배정되어 있었고, 예외적이게도, 그것이 그들 사이의 호칭과 예의 갖춘 태도를 차치할 수 있게 해주진 않았어도, 제 밑에 배정된 가정부들에게만은 다른 동료들에게 하는 방식과는 달리 보다 고압적인 태도를 유지하는 게 허락되었는데, 이는 이들 배정된 가정부와 서비스를 받는 가정부 사이 어떤 계급적 차등을 형성시키기 위함은 아니었고, 다만 그들 배정된 가정부가 제 일에 보다 헌신적으로 참여하여, 서비스를 받는 가정부들 역시 다른 일에 신경 쓰지 않고 제 일에 보다 헌신적으로 참여할 수 있도록 하기 위함이었지만, 이 의도가 항상 적중했던 것은 아니다. 음침한 밤, 고요한 저택 속에선 가끔 한 사람이 다른 한 사람에게 해선 안 될만큼 모욕적으로 언행하는 일이 벌어졌다. 이런 경우엔 도대체 그 짧은 시간에 누가 어디서 그 사실을 전해준 것인지는 알 수 없었지만, 금세 치안을 담당하는 가정부가 나타났고, 이들의 인도에 따라 그들 피해가해자 가정부는 잠시 문을 밖에서 잠글 수 있는 방에 격리당한 채로 있다가, 필요에 따라선 일정 수준의 보상과 함께, 모욕을 받은 가정부의 담당이 변경되는 것을 끝으로 일상에 복귀할 수 있었다. 도는 소문으로는 그런 식으로 여러 차례 일을 바꾸던 가정부들 사이에선 일종의 계급적 역전이 벌어진 일도 있었다는 모양이지만, 이에 대한 진상은 밝혀진 바 없다―하지만 현실적으로 담당이 옮겨지는 것은 모욕을 준 쪽이 아닌 받은 쪽이었으므로, 또 누군가에게 모욕을 줄 줄 아는 가정부들은 그것을 힘으로 삼는 덕인지, 아니면 그런 행동을 하는 사람들 사이엔 자연스럽게 그런 공통점이 있기 마련인지, 대부분 자신에게 쏟아지는 모욕을 어느 정도 버텨낼 줄 알거나, 혹은 그런 모욕을 피하는 것에 능했으므로, 그들의 재회는 보다 높은 확률로, 사려 깊지 못하거나 저택의 사사로운 사건들에 무지한 몇 다른 가정부에 의해 이전의 계급적 관계를 복구하는 방식으로 이루어졌을 가능성이 크다는 것이 더 지배적인 의견이다―. 이 가정부들 사이에서 도는 소문에 대해 조금 더 언급하고 넘어가자면, 역시 가장 인기 있는 것은 저택의 주인에 대한 소문이었다. 이는 어쩌면 이 시대착오적인 미로의 건축가가 처음부터 그 소문을 위해, 체코의 유대계 작가가 활자로

구축해낸 미로에 대한 의미심장한 메타포를 소문과 소문을 물고 들끓는 군중의 형태로 재현하기 위해, 이를 통해 이미 죽어버린 작가가 완결 짓지 못한 소설들을 통해 닿고자 했던 그 어떤 중심을 찾기 위한 실험의 형태로 그곳을 고안해낸 게 아닐까 하는 추측—그러니까 이 저택의 주인은 다름 아닌 예의 건축가라는 추측—에 불을 붙였지만, 그런 것에까지 관심이 있는 가정부들은 그리 많지 않았고, 대부분 가정부가 품고 있는 호기심은, 실은 그가 얼마나 막대한 재산의 소유자일까 하는 쪽이었다. 그도 그럴 것이 그들 모두는 그곳에서 숙식을 해결했는데, 이는 모두 저택이 제공—식사는 그들의 식사를 담당하는 다른 가정부가 서비스하는 방식으로—하는 것들이었고, 그럼에도 그들이 받는 임금은 그들의 삶을 풍족하게 하기에 적은 액수였던 것도 절대 아니었기 때문이다. 이들 가정부가 이 이상한 근무처에서 거의 갇히다시피, 실상 기록이 남지 않는 방식의 감방살이와 다름없는 환경 속에서 일하는 것에 대해 불만을 품지 않고, 또 일을 그만두지 않는 것은, 그러니까 그 액수가 그들에게 주는 만족감, 그것이 가족들에게 제공해줄 편안함이나 긴 노동을 마치고 자유를 얻은 뒤 즐길 삶에

대한 환상 덕분이었던 셈인데, 어쩌면 저택 자체의 거대
함을 훨씬 상회할 그 거대한 환상을 지탱해줄 수 있는
재력이란 함부로 상상할 수 있는 것이 아니었다. 실제로
이것이 그들에게 불어넣어 주는 힘이란 대단한 것이어
서, 한편에선 저택에 처음 가정부들이 들어오기 시작한
이래로 더 많은 가정부가 들어온 적은 있어도 저택을
떠난 가정부는 없다는 소문이 돌 정도였지만, 이 소문은
대부분 가정부에겐 저택엔 실은 처음부터 주인이 없었
고, 저택에 있는 사람이라고는 누군가 그것을 다른 이는
절대 풀 수 없게 하겠다는 아주 단순하고도 지독한 악
의로 꼬아놓은 뫼비우스의 띠처럼, 서로서로 엉덩이를
붙들고 있는 가정부들뿐이라는 소문만큼이나 허황되
고, 또 지나치게 현학적인 향취가 느껴진다는 점에서 비
웃음의 대상이 되곤 했다. 또 한편에선 이런 반응을 뒤
받쳐주는 근거처럼 저택을 영영 떠난 가정부에 대한 소
문이 들려오기도 했는데, 의심 많은 이들은 이미 떠난
가정부에 대한 소문이 어떻게 저택을 나가지 않은 가정
부들 사이에서 돌 수 있는지 날 선 질문을 던졌지만, 이
에 대해선 대체로 같은 가정부의 밑에서 일하던 여러
가정부가 어느 날 동시에 담당이 바뀌었던 일이 언급되

면서, 이런 일이 있을 만한 가능성은 지나친 우연에 의존하지 않는 이상 해당 가정부가 죽어버렸거나 저택을 떠난 경우밖에 상상할 수 없는데, 예의 가정부를 담당했던 가정부들이 기억하는 그의 모습은 하루아침에 요절하기엔 너무 젊은 모습이었다는 답변이, 마치 누군가 미리 준비해둔 대답처럼 돌아왔다. 큰 편이라 할 수 없는 숙소용 방의 크기나 업무의 특성을 고려할 때, 한 가정부를 담당하는 다른 가정부들은 오히려 자신이 담당하는 가정부보다 서로의 얼굴을 볼 일이 많았고 또 그만큼 서로의 이름 정돈 알고 지내는 일이 잦았으므로, 그 답변은 일견 그럴듯했지만, 그럼에도 요절이라는 말 자체가 이미 예측될 수 없음을 의미한다는 점에서, 그것을 의심할 점 없는 진실로 받아들이는 가정부는 많지 않았다. 또 아무리 가능성이 희박하더라도 한없이 무한대에 수렴하는 가정부들이 존재하는 그 저택에선 한 번쯤 불가해한 작용으로 한 가정부의 담당 가정부들이 모두 바뀌는 우연이 생길 법했고, 다른 한편으로 자신들이 예의 가정부를 담당하는 모든 가정부라고 생각했던 그들 가정부가, 실은 예의 가정부를 담당하는 모든 가정부가 아니었을 가능성을 지울 수 없다는 의견도 있었다. 말했다시피 그 괴상하고 거대한 저택에선 전체의 입장에서 하찮기 그지없는 가장 작은 세부에 불과할 한 가정부의 상상력으론 모두 상상할 수 없을 만큼 다양한 할 일이 존재했고, 개중에는 다른 담당 가성부와 선혀 충돌하시 않는 방식으로 다른 가정부의 일을 도와주는 일이 있을지도 몰랐던 것이다. 실제로 저택은 일을 하는 데에 방해가 되지 않을 정도라면 개개 가정부들의 자유를 최대한 보장해주었고, 몇 가정부는 휴식 시간의 일부를 쪼개가며 저마다의 예술 활동을 즐기기도 했는데, 이들 가정부가 하는 예술 활동이란 음악이나 미술, 행위 예술부터 도무지 뭐라 이름 붙이기 난처한 짓거리—당최 그것이 예술이기는 한지 당사자조차 알 수 없는—까지 다양했고, 이 중 음악을 원하는 가정부를 위해선 따로 방음 방을 숙소로 배정해주었을 정도니, 다른 담당 가정부들과 마주치지 않을 늦은 시간에 여러 도구를 필요로 하는 공예 작업의 보조로서 가정부가 배정되어 있었거나 하는 일은 충분히 상상할 수 있었다. 이들 예술 활동을 하는 가정부에 대해 조금 더 얘기를 이어나가 보면, 사실 그들은 저택 내에서 가장 많은 구설에 시달리는 가정부 무리 중 하나였는데, 그들에 대해 숙덕공론을 할 때면 빠지지 않는 에피소드 중엔 이런 것도 있었다―이는 항상 한 빨래 담당 가정부가 몸이 아픈 바람에, 혹은 그날따라 이겨내기 어려웠던 노곤함에 늦잠을 자버리는 바람에, 평소보다 반나절은 늦어서야 자신이 담당하는 가정부의 방에 도착하는 것으로 시작되었는데, 문제는 예의 빨래 담당 가정부가 시각이 늦어 이미 방 주인이 와 있을 거라는 생각도 없이 벌컥 문을 열어젖히고 말았던 데에 있었다. 그는 거기 열린 문 너머로 방 가운데서 발가벗은 채 온몸에 물감을 칠하고 있는 방 주인을 보았던 것이다. 냉정하게 생각해보면 그 일이 벌어진 건 모두 예의 빨래 담당 가정부의 태만 혹은 부주의 때문이었으므로, 사건은 그가 적절한 사과와 함께 다시 문을 닫고 방 주인이 그를 방 안에 들일 준비를 마칠 때까지 차분히 기다리거나, 적어도 너무 늦은 시각을 고려해, 그날의 일을 다음 날로 차치하는 것으로 마무리될 수도 있었지만, 아쉽게도 그는 그럴 만한 냉정함을 갖고 있지 못했고, 혹은―아마 이어진 반응을 고려할 때 이쪽이 더 가능성이 커 보이는데― 자신이 마주한 그 괴상망측한 모습에 그만 냉정함을 모두 잃어버리고 말았고, 정말 그가 본 것이 그만큼이나 괴상망측한 것이었는지야 다른 가정부들로선 알 수 없는 일이었지만, 어쨌든 자신이 본 것을 귀신으로 착각하기라도 한 것처럼 아연실색해 뒷걸음질을 치는 와중에 그만 발을 헛디뎌 쓰러져 뒤통수가 깨져버렸다고 이야기는 전했다. 물론 이는 어디까지나 소문이었으므로 그가 정말 발 한 번 헛디딘 것으로 그만한 부상을 당했는지에 관해선 지나친 과장이라거나, 이미 좋지 못한 상태였는지도 모를 그의 몸을 고려할 때, 또 그가 헛디딘 곳이 내려가는 계단 쪽이었을지도 모른다는 점을 고려할 때, 전혀 불가능한 일은 아니라는 식으로 의견이 분분했지만, 어쨌든 그날 이후 그가 인사 담당 가정부를 찾아가 자신의 담당을 바꿔달라고 호소했던 것만은 확실하다. 이는 빨래 담당 가정부의 이야기를 들은 인사 담당 가정부가 그것을 정당한 담당 이전 사유로 판단하지 않았고, 이로 인해 가정부들 사이에서 한바탕 소란이 일어난 적이 있기 때문인데, 여기서 또 한 번 발생한 문제는—그걸 그렇게 표현해도 된다면— 예의 빨래 담당 가정부의 호소가 소문이 되면서 덩달아 자신의 목소리를 내기 시작한 예술 활동 보조 담당 가정부들이었다. 말하자면 이들 예술 활동 보조 담당 가정부가, 빨래 담당 가정부의 담당 이전 요청

은 상식적으로 지극히 합당한 사안이므로 빠른 이전이
이루어져야 한다고 주장함과 함께, 예술 활동 보조 일을
하며 겪은 불평등, 그러니까 적절한 수면 패턴을 보장하
지 않는 불규칙한 업무 시간과 자신들이 겪었던 온갖
해괴망측한 일들을 꺼내들며, 저택 내에서 예술 활동을
완전히 추방해야 한다는 주장을 펴기 시작했던 것이다.
여론은 저택의 방침이 개개 가정부의 취미까지 강제하
는 건 엄연한 사생활 침해라는 의견과 그들의 자유가
그들을 담당하는 다른 가정부들의 업무 환경을 심각하
게 저해하고 있기에 일정 수준의 제약은 불가피하다는
의견으로 나뉘었는데, 양측 의견 모두 그럴듯한 면이 있
으니 적절한 합의점을 찾자는 의견도 있었으나, 그런 주
장을 하는 이들은 합의점을 찾자는 말을 앵무새처럼 반
복하는 것 외에 어떤 적절한 대안도 찾아내지 못해 곧
사람들의 관심 속에서 잊혔다—어쨌든 이 대립은, 어쩌
면 처음 이 목소리를 내기 시작한 예술 보조 담당 가정
부들이 예상했던 것보다 훨씬 긴 시간 동안 격렬한 충
돌을 야기하며 지속되었는데, 전쟁이라도 불사하겠다
는 듯이 번져 오르던 대립이 불러온 결과는 실은 그 기
묘한 저택에서 일어나는 대부분 일이 그랬던 것처럼, 가

정부 모두의 예상을 빗나간 것이었다. 반대 의견을 가진 가정부의 담당을 거부하거나 제 밑에 있는 가정부에게 자신의 의견에 동의하지 않았다는 이유로 주먹을 휘두르는 등, 온갖 과격한 양상으로 퍼져나가던 대립이 한순간, 갑작스럽게 나타난 또 다른 논제에 휩쓸려 유야무야 됐던 것이다. 이 또 다른 논제란 호칭의 문제였다. 이를 처음 문제 제기한 게 누구였는지는 끝내 밝혀지지 않았지만, 그는 이 모든 혼란과 충돌이 야기된 이유를 다름 아닌 호칭이 강요됨으로써 생기는 가정부들 사이의 지나친 예의에서 찾았고, 그들 가정부가 맞서 싸워야 할 것은 자신과 의견을 달리하는 다른 가정부들이 아니라, 저택이 그들에게 강요하는 경직된 분위기, 예의라는 명목하에 그들을 억압하는 거대한 체제 그 자체라고 주장했다. 그 가정부—누군지 모를—의 주장은 얼마 안 가 많은 호응을 얻으며 거대한 움직임을 만들어냈고, 이는 마치 목조주택 가장 깊은 곳에서부터 피어오른 불길처럼 순식간에 저택 전체를 휘감고 오르기 시작했다. 그들 자유를 부르짖는 가정부는 인제 더는 누구누구 씨와 같은 말을 쓰지 않았고, 그 대신 어이 친구,라거나 야 따위의 말을 사용했던 것인데, 그건 이전의 누구누구 씨와 같은 호칭이 그랬던 것처럼 나이나 성별, 인종을 가리지 않는 방식이었으므로, 이런 변화에 가장 적극적으로 반발한 쪽은 보다 나이가 많은 가정부들이었다. 모든 보다 나이가 많은 가정부는 아니었으나, 또 대다수 보다 나이가 많은 가정부가 아니라고는 차마 말할 수 없는 이들의 반발은, 그들 자유를 외치는 가정부에게 너희의 취지를 이해하지 못하는 건 아니지만, 그것이 다른 가정부들의 충분한 양해를 구하지 않은 채 벌어진다면 너희가 말하는 체제의 억압이 주는 폭력과 너희의 운동이 얼마나 큰 차이가 있겠느냐고 훈계를 하려 든다거나, 일을 하러 왔으면 조용히 일만 하면 될 것이지 뭔 놈의 바람이 들어 운동 같은 짓거리나 하고 있느냐며, 너희가 적이라 주장하는 그 체제가 없다면 너희같이 돼먹지 않은 놈들은 도대체 뭘 먹고 어디서 자겠냐고 격렬하게 화를 내는 등 다양한 방식으로 나타났는데, 안타깝게도 그들, 보다 나이가 많은 가정부는 나이가 주는 절대적인 무기력감에서 자유로울 수 없는 존재들이었고, 대부분 — 다시 말하자면, 역시 전부라고는 할 수 없으나, 또 그렇지 않다고도 말할 수 없는 그들은 — 제 일을 무리 없이 해결하는 것만으로도 하루가 벅찬 이들이었으므로, 그들의 반발은 그 거대한 불길에 한 줌 물만큼의 방해도 되지 못했으며, 많은 시간이 흐른 뒤의 평가에 따르면 그들의 행동은 도리어 불길에 무관심하던 이들까지 그것에 눈을 돌리게 만드는 효과를 주었을 뿐이었다. 오히려 인제 누가 누구에게 옮기고 누가 누구를 설득했는지도 알 수 없을 정도로 일파만파 번진 개혁의 불길이 주춤한 건, 이들 자유를 외치는 가정부가 그들과 의견을 달리하는 가정부들과 충돌하고 있을 때가 아닌, 그 불길이 가늠할 수 없는 저택의 거대함을 완전히 압도했다고 판단될 즈음이었다. 아주 단순하게도, 몇 시류를 따를 줄 모르는 가정부의 툴툴거림을 제외하곤 누구도 이들에게 적절한 화답이나, 하물며 적극적인 공격도 해오지 않았던 것이다. 그들 가정부는 마치 이전의 가정부들이 서로를 누구누구 씨, 하고 불렀던 것처럼 서로를 어이 친구,라거나 야, 하고 부르며 자신들이 이룩해낸 거룩한 개혁의 결과물을 적극적으로 누리는 듯 보였지만, 실상 그게 전부였다. 마치 그 자신에겐 아무 일도 일어나지 않았다는 듯이 그 기기괴괴한 세계는 이전과 모든 것이 완전히 일치하는 방식으로 톱니바퀴를 굴렸고, 그러므로 다시 확인하건대, 모든 이가 충분한 거리를 두고 그 불길에 대해 냉정하게 판단할 수 있게 되었을 즈음 평가한 대로, 그것은 보다 거대한 시점으로 보았을 땐 그저 저택에 찾아온 연례행사, 혹은 거대한 괴물이 잠시 앓은 계절병에 불과했다. 실제로 저택은 그들 현재의 가정부가 알지 못하는 과거에, 또 그들이 절대 볼 수 없을 미래에 비슷한 종류의 사건을 여러 차례 겪었고, 시간은 그리 오래지 않아 가정부들 사이의 호칭을 다시 처음과 같이, 자연스럽게, 또 누구도 전혀 반발하지 않는 방식으로 되돌려놓았음을, 몇 안 되는 기록 담당 가정부―바로 그 툴툴거리는 가정부들 사이에 끼어 있던―는 처음부터 알았던 것이다. 다만 마치 계절병이 폐 속에 남긴 자그마한 생채기처럼, 혹은 계절병을 불러온 찬바람이 방 한구석에 보이지 않게 쌓아둔 한 줌 먼지 뭉치처럼, 그 이후 예술 활동을 하는 가정부들에 대한 기피와 혐오만이 은연한 분위기로 저택 내부에 자리 잡게 되었다. 하지만 이 역시 오래전부터 공적인 공간에서 예술 활동을 드러내는 가정부들이 겪어왔던 운명의 일부임을, 그들 예술 활동을 하는 가정부는 모르지 않았다. 그들은 이미 그들에게 예술 활동을 가르쳐준 다른 가정부들이나 예술 활동에 대한 얘기를 주고받는 은밀한 친구들이 들려주는 소문들을 통해 수없이 그런 상황들에 대해 들어왔기 때문이다. 말하자면 그들에게 그건 한바탕 좁은 방 안에서 벌인 소란이 구석구석 숨어 보이지 않던 먼지들을 잠시 공기 중에 날리게 한 것과 별반 다르지 않았지만, 때론 그런 작은 변화에도 생명이 걸린 것과 같은 위협을 받는 이들이 나타나기 마련이었고, 그런 상황에 처한 몇 예술 활동을 하는 가정부는, 역시나 지인들이 알려주었던 정보를 따라, 조심스럽고 은밀한 태도로 인사 담당 가정부들에게 찾아가 자신의 세계를 이해하지 못하는 다른 많은 가정부로부터 격리된 새로운 방을 배정해주길 요청했는데, 이는 그들 인사 담당 가정부에게 있어선 저택에서 내려준 매뉴얼에 포함된, 지속적인 갱신을 통해 매뉴얼이 이미 예측하고, 또 그에 대한 적절한 해결책까지 제시해둔, 전혀 예외적이랄 수 없는 예외 상황이었으므로, 그들은 매뉴얼이 시키는 대로, 그들 예술 활동을 하는 가정부를 준비된 격리소로, 다른 가정부들의 숙소용 방과 모든 것이 동일한 모습을 하고 있지만, 다른 예술 활동을 하는 가정부들과 부족한 인력 탓에 멀리까지 파견되어야 하는 아주 적은 수의 예술 활동을 하지 않는 가정부들을 제외하곤 아무도 만날 수 없다는 조건을 가진 그 외딴 구역으로 안내해주었다. 사실 몇 호기심이 강한 인사 담당 가정부들은 매뉴얼을 살펴보는 과정에서, 또 그들 예술 활동을 하는 가정부를 그곳으로 안내하는 과정에서 어떻게 몇 군데 되지도 않고, 저택 전체를 차지하고 있을 가정부의 숫자에 비해서 한없이 모자랄 그 격리소가 오랜 시간 동안 외부와의 격리를 유지한 채 지속될 수 있는지 의문을 품었는데, 왜냐하면 오래 일을 하다 보면 자연스레 알 수 있듯이, 저택에 아직 여분의 공간이 없는 건 아니었지만, 그것이 충분하달 순 없는 상황이었고, 만약—실은 이 부분에 관해선 그들 인사 담당 가정부도 정확히 아는 바가 없었으므로— 어디선가는 꾸준히 저택을 떠나는 가정부들이 나타난다고 해도, 그 몇 공간을 거대한 중심 공간과 완전히 격리하는 일이 원활하기엔 더더욱 충분하달 순 없는 상황이었던 것이다. 이런 상황에서 그런 격리가 가능해지려면 적어도 그 공간을 찾는 가정부들이 집단을 이룰 만큼 꾸준히 생겨나지 않아야 했지만, 예술 활동을 하는 가정부들이 휴식 시간을 예술 활동으로 소비하듯 오래된 기록들을 뒤적이는 것으로 휴식 시간을 보냈던 몇 인사 담당 가정부가 찾아낸 바에 의하면, 격리소를 찾는 가정부는 꾸준히 존재해오던 하나의 작은 사회 현상이었다. 이 꼬리에 꼬리를 물고 이어지는 의문이 적절한 결말에 가닿게 된 건 몇 세대를 거치며 인사 담당 가정부들 사이의 작은 논란거리가 되었다가 다시 잊히기를 반복하던 와중에, 정말이지 끈질긴 성미를 가졌던 몇 인사 담당 가정부에게 의해서였다. 그들이 발견해낸 이유라 함은 실은 아주 단순했는데, 마치 저택 복도 귀퉁이에서 주운 신비한 형상의 골동품을 금고에 넣어둔 채 자신의 방을 방문하는 이들에게 몰래 자랑하듯, 술에 취해, 혹은 자만심에 취해 친구들에게 그에 대해 털어놓았던 인사 담당 가정부들에 의하면, 이들 예술 활동을 하는 가정부 중 누구도 그 격리소에서 영원히 있고 싶어 하지 않았다는 것이다. 그들이 덧붙인 바에 따르면, 바로 이 사실에 명백히 노동력을 훼손시키는 범주의 개인 활동에 가까운, 실제로 여러 문제를 일으키기도 한 예술 활동을 어째서 저택이 규범적인 차원에서 강제하려고 하지 않는지를 알려주는 힌트가 있다고 했다. 한 번 격리소를 겪고 나온 가정부들은 모두가 약속이라도 한 듯, 더는 예술 활동을 하며 밤을 보내지 않게 되었다는 게 그들의 주장이었는데—이는 그들 격리소를 나온 가정부들이 더는 예술 활동 보조 담당 가정부를 필요로 하지 않았다는 기록을 토대로 추론된 내용이었다— 이에 대해 몇 오만한 이들, 그러니까 자신이 알아낸 진실의 일부를 진실의 전체로 착각한 인사 담당 가정부들, 혹은 그들의 친구들은 그들 격리소를 나온 가정부가 예술 활동이 그들에게 불러일으키는 외로움을 견디지 못해서나, 아니면 제 재능의 한계를 느끼고 그런 극단적인 선택을 하게 되었을 것이라고 쉽게 예측했다. 하지만 실상은 오히려, 그들 격리소를 나온 가정부는 그런 선택을 하기 바로 직전까지만 해도 주변에 몇 안 되는 다른 가정부들과의 관계도 포기한 채, 아니 차라리 그것을 포기라고도 느끼지 않는 듯이, 저택의 지침에 위배됨을 알면서도, 또 누구도 그것에 대해 실질적으로 제약을 걸어오는 이가 없다는 걸 은연중에 눈치챘기에, 잠자는 시간까지 아껴가며 예술 활동에 몰두하던 이들이었다. 그런고로 그런 그들이 예술 활동을 갑작스럽게 놓아버리게 된 이유에 대해선—이들 역시 격리소를 나가는 가정부들이 예술 활동을 영영 놓아버릴 것이라는 가정에 대해선 암묵적으로 동의하고 있었다고 보인다— 격리소 내에서도 의견이 분분했는데, 격리소의 몇 가정부는 어쩌면 자신들의 헛된 희망을 투사하는 방식으로, 이들 예술 활동을 포기한 가정부가 실은 예술 활동을 저버린 것이 아니라, 도리어 어떤 극점에, 어떤 해탈의 상태에 다다르게 된 것이라고 말하길 좋아했고, 그 증거로 그들이 듣기 좋아했던 예시는 격리소를 떠나기 전 예술 활동을 그만두겠다는 결심을 밝힌 한 가정부에 대한 이야기였다. 이야기 속의 예술 활동을 그만둔 가정부는 인사 담당 가정부에게 숙소 이전을 신청하고 돌아온 날, 평소에 잘 하지 않던 술까지 마셔가며, 친한 몇 가정부에게 자신이 결심을 내리기 전에 보았다는, 한밤 동안의 환영에 대해 떠들었다고 한다. 그가 말하길, 전날 밤자신은 꿈을 꾸는 것과 같은 혼몽한 정신으로, 마치 신의 얼굴처럼 건축가—모두 그 존재에 대해 사실상 잊고 있었던 옛사람—의 얼굴을 보았다는 것이었다. 물론군이 그들 격리소의 가정부로 한정 짓지 않더라도, 저택의 누구도 건축가의 얼굴이 어떻게 생겼는지 정확하게 알지 못한다는 사실을 모르는 이는 없었으므로, 그 이야기를 곧이곧대로 받아들이는 이는 많지 않았고, 그들 격리소의 가정부, 혹은 개중에서도 보다 희망적이었던 가정부들은, 그것이 그가 잠시간 가닿았던 초월적인 순간의 상징적인 얼굴이 아니었을까 하고 짐작했다. 물론 그들 중 누구도, 그런 현현을 마주한 그가 왜 더는 예술 활동을 하지 않는 가정부가 된 것인지에 대해선 제대로 된 설명을 덧붙이지 못했지만 말이다. 한 가지 특기할 점은 다른 가정부들 사이에선 농담거리처럼이라도 언급되곤 하던 바깥 생활, 혹은 저택에서의 생활을 그만두는 일에 대한 이야기가, 그들 예술을 활동을 하거나 예술 활동을 그만둔 가정부 사이에선 전혀 이야기되지 않았다는 점인데, 이에 대해 전해 들은 격리소 밖의 가정부 중에는, 그들의 그런 태도가 이전 세계—저택 안에선 바깥을 그런 식으로 불렀다—에서 그들이 하찮은 몇 가지 재주를 제외하곤 아무것도 할 줄 아는 게 없는 패배자들이었기 때문이라며, 그들은 같은 일을 하는 척하지만 실은 제대로 일에 참여하지 않고, 일하는 동안 써야 할 체력을 아껴 밤이 되면 누구도 보고 싶지 않은 창작을 위해 허비한다고 말하는 이들도 있었다. 하지만 이역시 완전한 진실은 아닌데, 실은 저택의 가정부들 사이에선 일하는 능력의 격차가 전혀 무시할 수 없는 정도로 벌어져 있으며, 또 그건 인제 누구도 그것이 언제인지 정확히 짚어내지 못하는, 저택에 최초로 가정부들이

들어오기 시작했을 무렵부터 만연한 문제였던 건 사실이지만, 그 격차는 대부분 예술 활동을 하고 하지 않고와는 별 상관없었다. 예술 활동이 대개 많은 체력을 요했음에도 그런 차이 없음이 벌어졌던 이유에 관해선 많은 판단이 요구되지만, 크게 범주화되어, 첫 번째론 애당초 주어졌던 능력의 차이가 예술 활동을 하고 안 하고에 큰 영향을 받을 만큼 작지 않았다는 점, 두 번째론 밤 동안 예술 활동을 함으로써 체력이 어느 정도 손실되는 건 사실이지만, 이를 통해 얻을 만족감이 저택 일에 보다 긍정적인 태도로 임하게 만들어 손실된 체력만큼 능률이 오르기도 한다는 점, 세 번째론 별다른 할 것 없이 그냥 시간을 보내기만 하는 밤 동안의 휴식이 언제나 다른 활동을 하는 것보다 많은 체력을 회복시켜주진 않는다는 점, 네 번째론 몇 예술 활동의 경우 그 숙달이 낮 동안 해야 하는 일과를 해내는 데 꽤 긍정적인 영향을 주기도 했다는 점 등의 이유로 설명되곤 했다. 하지만 이는 어디까지나 그들 예술 활동을 하는 가정부에 대해 긍정적이거나, 적어도 긍정적인 관점을 검토해볼 의향이 있는 가정부들이나 주의 깊게 들을 만한 내용이었고, 대부분 가정부는 앞선 이들이 말하는 것과 크게 다르지 않은 수준의 부정적 관점을 갖고 있었다. 물론 지금까지 나열된 내용을 보면 알 수 있듯이 언제나 예외라는 것은 존재했고, 개중 별다른 주목을 얻지 못한 의견에는 예술 활동에 대한 독특한 관점을 보여주는 것도 있었는데, 이는 사실상 인제 누구도 그 존재에 대해 진심으로 궁금해하지 않은 그 괴상망측한 저택의 건축가와 관련한 것이었다. 예술 활동을 하진 않지만, 밤이면 혼자 공상하고 앉아 있길 좋아하는 한 어린 가정부의 입에서 처음 전해졌다고 알려진 이 추측은, 실은 이 거대한 건축물의 예측할 수 없는 구조가 그들 예술 활동을 하는 가정부와 불가분한 관계를 맺고 있다는 의견이었는데, 다소 황당한 이 의견의 자세한 내용은 이랬다: 오래전, 혹은 태초에, 한 나태한 건축가가 자신이 평생토록 매달려도 절대 완성할 수 없는 건축물을 고안하기 시작했다. 그것은 이미 그 고안만으로도 그가 평생에 걸쳐 매달려야 할 만큼의 거대한 건축물이었고, 때문에 건축가는 더는 아무런 일도 하지 않은 채 텅 빈 들판에 누워 영원히 완성되지 않을, 영원히 시작되지 않을 건축물의 도안을 짜느라 몰두하게 되었는데, 이는 바로 그가 바랐던 일이기도 했다. 말하자면 그는 처음부터 그것이 도무지 실현할 수 없는 계획이라는 단 하나의 이유로 그 일을 시작한 것이었고, 그의 원대하고도 하찮은 계획에 어울리게, 그 도안은 건축물의 한없이 거대해질 크기를 고려하여 우선 지극히 세분화된 방식으로, 또 그 세부들이 다른 세부들과 톱니바퀴처럼 잘 맞물릴 수 있되 일차원적인 방향성을 띠지 않고 다층적인 접근의 건축을 동반할 수 있도록, 세상의 어떤 펜과 종이로도 그려낼 수 없는 방식으로 고안되었는데, 이런 고안을 성공시키기 위해선 또 우선, 절대적으로 그 계획을 성사시킬 당사자들, 즉 건축 인부들에 대해 고려가 선행되어야 했다. 그리하여 건축가는 인제 도안에서 벗어나 자신의 도안을 성사시키기 위해 적합한 인부들을 상상하기 시작했고, 그런 인부들을 끌어들일 수 있는 조건과 건축물의 그 신화적인 크기만큼이나 무한대에 가깝게 도용되어야 할 인부들을 모두 수용할 수 있는 크기의 건축 현장을 상상해나갔다. 하지만 그건 그가 계획하고 영원히 다 다르지 않고자 했던 건축물, 또 그 건축물의 도안이 그랬던 것처럼, 그 과정만으로도 건축가의 남은 삶을 모두 쏟아내어야 할 정도의 과정이었고, 어느 순간부터 자신을 그런 무모한 도전에 뛰어들게 한 가장 근본적인 원인―나태함―에 대해 망각할 정도로 그 작업-상상에 몰두한 건축가는 자신도 모르는 사이, 꿈속에까지 자신의 미완성 작업물을 위한 미완성 작업물을 위한 미완성 작업물을 끌어들이게 되었다. 그건 공상과 꿈이 실은 종이의 앞뒤와 다름없는 거의 구분할 수 없는 짝패였기에 가능한 일이었지만, 오로지 나태하기만을 원했던 그가 그런 사실까지 고려했을 리는 없었고, 그는 금세 꿈과 꿈 밖의 경계를, 상상을 진척시키는 일과 꿈의 힘을 빌려 미완성의 상상을 구현시키는 일을 구분할 수 없는 지경에 빠져들어갔다. 그렇게 그는 영원히 완성되지 못할 저택의 부지와 저택을 지을 최초의 인부들을 꿈속으로 불러들였으나, 아직 청사진도 마련되지 않은 저택을 위해 고안된 그 막막한 건축 현장에서 인부들이 마주한 건 지극히 당연하게도, 한없이 무한대에 가까울 인부들을 묶어둘 한없이 무한대에 가까운 크기의 미완공 숙소뿐이었다. 아무런 설명도 없이, 어떠한 도면도 받지 못한 채 숙소에 고용된 인부들은, 그러므로 자신들이 그곳으로 불려옴으로써 제공 받는 대가―건축가가 상상하길 누구라도 선뜻 자신의 계획에 동참할 수 있을 만큼의 임금과 숙식―에 대해 합당하게 보상할 방법을 스스로 찾을 수밖에 없었는데, 그들 인부가 끝내 찾아낸 방법이란, 그들의 숙소, 영원히 끝나지 않을 건축 현장을 가꾸는 것, 바로 영원히 오지 않을 건축의 때가 될 때까지 자신들 인부가 안전하고 편안하게 지낼 수 있도록, 자신들 인부에 대해 스스로 가정부가 되는 것이었다. 이 작업은 예상할 수 있다시피, 한 번 시작되자마자 곧바로 다종다양한 형태의 분화를 불러들였다. 물론 그런 와중에도 건축가의 고안이 전혀 진척되지 않는 것은 아니었다. 하지만 인제 그것은 그 존재 자체가 하나의 거대한 미완성 청사진이 되어버린 건축가에게서가 아니라, 그가 지어둔 유일한 건축물, 고안되지 않은 건축물을 위한 건축 현장에서 영감을 얻은, 혹은 그 건축 현장에 해소할 수 없는 답답함을 느낀 인부들에 의해서 이뤄졌다. 그들 인부는 다른 인부들의 가정부 역할을 하고 남는 시간 동안 저마다 감정과 상상에 구체적인 형태를 부여하기 시작했고, 그것은 건설되지 않은 건축물의 보이지 않은 형체를 조금씩 부풀려나갔던 것이다. 완성될 건축물의 형태가 커지면 커질수록, 완성되지 않는 계획에 새로운 살이 붙으면 붙을수록, 이 허황된 계획에 구체적인 살을 채워 넣기 위해 필요한 인부의 수도 점차 불어나고 있었다. 영원히 완성되지 않을 저택의 건축 현장으로 계속해서 새로운 인부들이 불려 온 것은 그 때문이었는데, 역시 누구에게도 무엇을 해야 할지 전해 듣지 못한 새로운 인부들은 곧 자신이 받은 대가에 대해 마땅히 해야 할 일을 찾아 나섰고, 그들 앞에 나타난 먼저 도착해 있던 인부들은, 마치 그것이 그들 새로운 인부가 여기 불려 온 이유기라도 한 듯, 그들에게 가정부로서의 할 일을 각기 인수인계해주었다. 이 우스꽝스러운 일인극, 혹은 무인극은 누구의 입을 통해 전해지든, 대체로 끝에 적당한 결말이 붙지 못한 채 같은 이야기가 끊임없이 반복되고 변주되는 방식으로 이어졌으므로, 드라마틱함이나 자극적인 요소라곤 조금도 찾아볼 수 없는, 지루하고 허황된 소문에 주의를 기울이는 가정부는 많지 않았다. 다만 몇 가정부만이 도대체 그런 소문을 만드는 것은 누구냐며, 그럼 그 소문을 처음 퍼뜨렸다는 어린 가정부는 자신이 꿈속의 사람이라고 믿는 것이냐고, 그런 소문이란 건 그저 예술 활동을 하는 가정부들이 제 무능함과 나태함을 합리화시키기 위해 퍼뜨린 헛된 찌라시에 불과하지 않느냐고 따지듯이 반응하기도 했지만, 이는 이미, 적어도 겉으로 보기엔, 격리소 바깥에 남은 가정부라곤 오로지 예술 활동을 하지 않는 가 정부와 예술 활동을 그만둔 가정부뿐인 상황에서, 도대 체 누가 그들 예술 활동을 하는 가정부를 옹호하기 위 해 그런 소문을 퍼뜨리겠느냐는 지적을 피할 수 없었다. 그러므로 실은 그 무렵 예술 활동을 하는 가정부란, 또 그들이 모여 작은 공동체를 이루고 있다는 격리소란, 마 치 건축가처럼 어디엔가 분명 존재한다고 전해져 내려 올 뿐인 전설 속 존재에 불과했고, 예술 활동을 하는 가 정부에 대한 소문을 전하는 가정부들조차, 그들 예술 활 동을 하는 가정부가 하는 예술 활동이란 것이 도대체 무엇을 의미하는지에 대해 아주 모호한 방식—허물어 진 저택의 내벽에 시멘트를 바르는 일과 제 몸에 물감 을 칠하는 일 사이엔 그것을 괴상망측하게 만드는 어떤 차이가 있었다고, 분명 그랬다고, 그렇기에 그 차이가 빨래 담당 가정부로 하여금 냉정함을 잃게 했던 거라 고—으로밖엔 설명하지 못했다. 그럼에도 이들 소문을 좋아하는 가정부는 자꾸 그들에 대해, 그들이 하는 예술 활동의 괴상망측함에 대해 떠들어댔고, 그런 쑥덕거림 속에선, 그 허무맹랑한 이야기를 처음 퍼뜨렸다는 예의 어린 가정부가 정말 존재했고, 또 아직 살아 있다면 그는 이제 막 성인이 되었을 거라고, 벌써 그만큼이나 시간이 흘러버렸으므로, 그 공상하기만을 좋아하는 나태한 가정부도 인제 무언가 자신이 하고 싶은 일을 찾기 시작할지 모른다고, 복도의 벽이 만든 그늘에서 누군가 다른 누군가에게 속삭이는 소리를, 중얼거림과 다름없는 그 익숙하면서도 낯선 목소리를, 또 다른 누군가 엿들었다는 소문이 은밀하게 끼어들어오기도 했지만, 그런 종류의 소문이 다 그렇듯 이를 전하는 가정부조차 소리를 엿들었다는 누군가에 관해선 아는 바가 없었다. 그 누군가란 다만 이야기를 전하는 어느 가정부에게 이야기를 전했던 다른 어느 가정부, 다시 그 가정부에게 이야기를 전했던 또 다른 어느 가정부…… 그렇게 끝나지 않는 굴레의 끄트머리에 분명히 있다고 믿어지는 어느 가정부이자, 그에 대한 증명이라곤 오로지 들려오는 소문이 전부인 그 불가해한 건축물에 대한 모든 소문의 최초 유포자였다. 어떤 가정부도 그 존재에 대해 진심으로 의문을 품지 않는, 존재하지 않는 저택의 반만 열린 쪽문으로 새어든 바람, 끝내는 그 무용하고도 복잡다단한 건축물의 골조를 거꾸러트리고 말 높고 가벼운 허밍, 혹은 나무판자의 삐걱거리는 소리.

백색소음

역사란 벼락과 같다. 어젯밤 k는 이렇게 썼다. 모든 것이 끝장나는 덴 눈 깜짝할 사이면 충분하다. 이후에 남는 것은 길고 지루한 천둥의 시간뿐이다. 대부분 사람이 기억하는 역사란 이 권태로운 털북숭이 짐승이 몸을 뒤집으며 내는 으르렁거림에 불과하다. 운이 좋은, 혹은 좋지 못한 몇몇만이 벼락을 직접 목격하고 이 영광된 순간은 때로 이들의 두 눈을 영영 앗아간다. 한 번이라도 신성을 정면으로 목격한 이는 더는 이전의 방식으로 세계를 바라볼 수 없는 법이다. 신성을 직접 마주할 자격이 주어지는 것은 그보다 더 소수다. 그들은 대개 자신에게 들이닥친 것이 무엇인지 깨닫기도 전에 숯덩이가 되어버리거나, 살아남아 미심쩍은 신화가 된다. 전자건 후자건 이후의 삶이란 존재하지 않는다는 점에선 매한가지지만.

k는 여느 날과 다름없는 시간대에 깼다. 간밤에 이상한 꿈을 꾼 것 같았다. 꿈의 내용을 기억해내려 노력해보았으나 떠오르지 않았다. 떠오른 것은 이틀 전이다. 아니, 보다 전인지도 모른다. 그날 아침 k는 지금과 같은 모습, 자세로 앉아 간밤에 꾼 이상한 꿈을 떠올리고 있었다. 이상하고, 무언가 중요한 암시가 있었다. 그렇게 기억했다. 하지만 그날도 k는 결국 꿈의 내용을 기억하는 데 실패했다. 꿈의 기억은 아침 안개처럼 잠시 하루 언저리에 끼어 있다가 금세 흩어졌다.

k는 침대에서 일어나 커튼을 젖혔다. 회백색 콘크리트 벽에 반사된 햇빛은 그늘이나 다름없었다. 창을 열자 퀴퀴한 냄새가 흘러들었다. k는 창밖으로 몸을 내밀고 손을 뻗었다. 우둘투둘 일어난 벽이 손끝에 닿을 듯 닿지 않았다. 창틀에 눌린 옆구리가 뻐근했다. 역사란 벼락과 같다. k는 갑작스럽게 구름을 가르고 떨어져 두 빌라 사이 몸을 내밀고 있는 한 남자를 까맣게 불태워버리는 날벼락을 상상했다. 손끝이 저렸다. "위에, 위에." 밑에서 들려온 목소리였다. 고개를 내리자 세 명의 교복무리가 담배를 피우며 이쪽을 힐끔거리고 있었다. 교복

으로 보아 근처 고등학교 학생들 같았다. k는 이전의 자세 그대로 한동안 그들을 내려다보았다. 그들 역시 시선을 피하지 않았다. 그렇다고 위협을 한다거나 저들끼리 낄낄거리지도 않았다. k와 그들은 마치 골목을 걷다 우연히 눈을 마주친 미래와 과거처럼 해석할 수 없는 눈빛으로 서로를 바라보았다. 오래, 혹은 아주 찰나. 먼저 시선을 돌린 것은 k였다. k는 창문을 닫고 커튼을 쳤다. 고요했다. 문득 교복 무리가 올라올지도 모른다는 예감이 들었다. 필터만 남은 꽁초를 버리고 두 주머니에 손을 찔러 넣은 채 급한 볼일이 있는 사람들처럼 계단을 올라오는 그들을 상상했다. 이때 그들은 전문가들처럼 보일 것이다. 조금 나태한 전문가들처럼, 이제 곧 있으면 벌어질 폭력적인 사태에 대해 농담을 주고받는 그들을 떠올릴 수 있었다. 잠시 후 초인종 소리가 울렸다.

아니, 초인종이 아니었다. k는 반사적으로 현관 쪽을 돌아보았고, 이내 자신이 들은 것이 핸드폰 벨 소리임을 알아차렸다. 벨 소리는 집 안을 쩌렁쩌렁하게 울렸다. 실수로 음량을 지나치게 키워놓은 듯했다. k는 서둘러 핸드폰을 찾았지만, 크기가 너무 커 소리가 방향을 가늠하기 어려웠다. 역사란 벼락과 같다. 핸드폰은 옷장 안,

트렌치코트의 안주머니 속에 들어 있었다. k의 집은 방음이 좋지 못한 편이었다. 이사를 온 지 얼마 안 되었을 무렵만 해도 한 달에 두어 번 정도 옆집 남자가 k의 집을 찾아오거나 k가 옆집을 찾아가는 일이 일어났다. 각자의 생활과 소음을 포기할 생각이 없는 두 사람은 마치 서로의 음을 조율해주는 사람들처럼 초인종을 눌렀다. 아니 아니, 이건 음을 벗어났어요.

다행히 옆집 남자는 이미 집을 비운 듯했다. 혹은 잠시 튄 음정 하나하나에 일일이 반응하기엔 아침의 나른함이 그를 너무 강하게 옭아매고 있거나.

k는 골목 안쪽으로 조심스럽게 고개를 내밀었다. 교복 무리는 보이지 않았다. 어지럽게 얽혀 바닥으로 이어진 가스관 주위에는 이미 너무 많은 꽁초가 버려져 있어 무엇이 그들이 남긴 흔적인지 알 수 없었다. 그들은 처음부터 존재하지 않았고, k가 창밖으로 몸을 내민 채 보았던 것은 회백색 콘크리트 벽에 반사된 햇빛이 만들어낸 과거의 신기루였다 하더라도 이상하지 않을 것 같았다. k는 골목으로 들어가 꽁초를 밟아 비볐다. 찢긴 종이 바깥으로 흘러나온 갈색 가루에는 환각제라는 이름

이 어울려 보였다.

"맞죠?"

k는 소스라치며 뒤를 돌아보았다. 교복을 입은 남자아이가 서 있었다.

"맞네!"

반가워하는 목소리였다. 표정 역시 그랬다. 이해할 수 없는 감정이었다. k는 안개에서 불쑥 튀어나온 흰 손을 바라보듯, 당혹스러운 심정으로 남자아이를 마주 보았다. 맞는가? k는 자문했다. 남자아이의 주변에 둘린 교복의 인상은 안개처럼 서서히 거둬졌고, 이어 무정형에 가까웠던 얼굴이 또렷하게 도드라지기 시작했다. 그래, 맞다. k는 깨달았다. 정말 그러하다. 나는 저 남자아이를 알고 있다. 남자아이가 나에 대해 그러할 것이듯.

1

남자아이는 입이 컸다. 작지 않은 사이즈의 햄버거였는데도 남자아이가 한 입을 베어 물고 나자 삼 분의 일이 사라져 있었다.

"안 드세요?"

입꼬리에 묻은 양념을 핥아 먹으며 남자아이가 물었다. 혀가 입안의 음식물을 볼 쪽으로 밀어내는 모습이 말하는 사이사이 엿보였다. k는 대답 없이 음료를 빨아 먹었다. 뭐가 우스운지 남자아이는 작게 웃음을 흘렸다. k는 남자아이가 인기 있으리라 생각했다. 얼굴이 작은 편이 아닌데도 그것이 느껴지지 않을 정도로 넓게 벌어진 어깨는 운동장을 세차게 가로지르거나, 높이 뛰어올라 네트를 향해 공을 던지는 모습을 상상하게 했다. 마땅히. 그럼 k는 어떤 아이였나? k는 몇 가지 작은 단서들을 기억해냈다. 책상 위에 커터 칼로 새긴 의미 불명의 낙서들. 창가에 둘러앉아 주고받는 외설적인 손짓들. 조그만 짐승처럼 주위를 살피며 재빠르게 난간을 타고 오르는 누군가의 뒷모습. 회초리. 흙. 먼지. 발자국. *발자국들.* 떠오른 기억들은 태만한 형사의 책상에 쌓인 서류철 같았다. 우연의 그물망에 아무렇게나 걸려든 무작위의 단서들.

"안 드세요?"

벌써 제 몫의 햄버거를 끝장낸 남자아이는 토마토케첩을 듬뿍 묻힌 감자튀김을 입안으로 가져가며 포장을 풀지 않은 k의 햄버거를 건너보고 있었다. 아직 탐욕스럽게 먹는 법을 터득하지 못한 형제들의 음식을 탐내는 새끼 짐승의 눈빛이었다. k는 저도 모르게 햄버거에 손을 가져다 댔다.

"너 먹어."

k는 햄버거를 남자아이 쪽으로 옮겼다. 재빠르고, 냉정한 동작이었다.

"괜찮아요?"

"응. 배고프면 너 먹어."

막상 햄버거가 주어지자 남자아이는 망설였다. 어쩌면 방금 k가 보였던 동작에서 불편한 기색을 느꼈는지도 모른다. k는 안심해도 괜찮다는 의미로 웃어 보였다. 안심. 왜 그런 단어를 떠올렸는지 이해할 수 없었다. 지나친, 이유를 알 수 없는 긴장이 k의 목구멍에 가시처럼 박혀 있었다. 아니, 정말 그 이유를 알지 못하나? 따지고 보면 그렇지는 않았다. k는 지금 당장 일어나 자리를 떠나는 것으로 이 불편한 만남에 종지부를 찍을 수도 있었다. 마땅히. 그러나 그 대신 가만히 남자아이가 자신의 햄버거를 가져가길 기다렸다. 침을 삼킬 때마다 더욱 깊게 박히는 가시들은 살 안쪽에서 유독한 물질로 조금씩 녹아 스며드는 것 같았다. k는 음료를 빨아 먹었다.

잠시 눈치를 살핀 남자아이는 천천히, 조심스럽게 햄버거의 포장을 벗겼다. 이때 k가 떠올린 것은 유튜브에서 보았던 한 영상이다. 밋밋한 테이블과 배경이 있고, 앤디 워홀이 가운데 앉아 햄버거를 먹고 있다. 앤디 워홀은 능숙하고 권태로운 동작으로 햄버거 포장을 벗겨 빵을 열고는 옆에 준비된 토마토케첩을 안쪽에 뿌린다. 무슨 맛일까? 영상을 보는 k는 궁금했다. 직접 빵을 열어 소스를 뿌려 먹는 햄버거는 낯설었다. 앤디 워홀의 동작에선 스테이크를 써는 서구인들이 연상됐다. 순서에 맞춰 가지런히 비치된 은 식기들을 들어 제 몫의 고기를 해체하는 사람들. 우아하게 무관함을 연기하는 사람들.

"발라 먹어본 적 있니?"

k는 불쑥 말했다. 남자아이는 입을 오물거리며 k의 눈을 보았다.

"케첩 말이야. 햄버거에 발라 먹어본 적 있어? 외국에선 그렇게 먹는 것 같더라고."

변명하는 투였다. k는 유튜브에서 보았던 영상과 앤디 워홀에 대해 얘기하고 싶은 걸 애써 참았다. 남자아이는 감자튀김을 집어 토마토케첩에 찍어 먹었다.

"그래요?"

마치 더 말해보란 듯 남자아이는 부드러운 눈빛으로 k를 응시했다. 네가 하고 싶은 얘기를 더 해봐. k는 그것이 친절함이라 생각했다. 아마 평일 대낮 교복을 입은 채 학교 밖에서 서성거리는 남자아이에게 아무 질문 없이 햄버거를 사주는 자신의 태도와 같은 무엇.

"나도 자세히는 몰라. 그냥 유튜브에서 본 거야, 유튜브에서."

남자아이는 무덤덤히 고개를 끄덕였다. 안쪽에 소스와 양배추가 묻은 빈 포장지가 소란스럽게 구겨졌다.

2

"시 보여줘요."

이렇다 할 목적지 없이 같이 길을 거닐던 중이었다. 사 차선 도로 옆이었고, 출퇴근 시간이 아니었는데도 차들이 많았다. 귓속에 불규칙한 간격으로 엉켜 드는 소음들 탓에 k는 이따금 멍한 상태가 됐다. 자주 있는 일이었다. k는 한 번에 많은 양의 소리를 받아들이지 못했다. 다섯, 많을 땐 여섯 가지. 이를 초과한 소리가 한꺼번에 몰려들면 k의 머릿속은 세계로부터 밀려난 듯 몽롱한 상태가 되었다. 마치 한계치를 초과한 자극을 받게 되면 자연스럽게 기능이 마비되는 혀처럼.

"응? 뭐라고 했어?"

"시요. 시인이라고 하셨죠?"

남자아이는 고쳐 말했다. k는 남자아이의 말투가 어색하다고 느꼈다. 본래, 그러니까 제 또래들과 있을 때면 보다 거친 언어를 사용할 것 같았다. 남자아이의 말투에선 무언가 덜어내며 말하는 사람 특유의 간격이 느껴졌다. 그런 얘기까지 했던가? k는 기억할 수 없었다. 했다 하더라도, 하지 않았다 하더라도 이상하지 않았다.

"아니, 시는 안 써. 시인이 아니라 소설가."

"아아."

당연히 소설을 보여달라는 얘기로 넘어갈 것이라 예상했지만, 남자아이는 그런 얘기를 꺼내지 않았다. 마치 자신이 관심 있는 것은 오로지 시라는 듯. 시인이 아니라 소설가인 k에게는 어떤 호기심도 느끼지 않는다는 듯. k가 시인인 것이 아니라, 시인인 k에게 호기심을 느껐을 뿐이라는 듯.

"시 좋아해?"

"아뇨." 남자아이는 곧바로 대답했다. "아뇨, 그냥 전에 시인이라고 하셨던 것 같아서요. 착각했나 봐요."

이번에도 남자아이는 소설을 보여달라는 얘기를 꺼내지 않았다. 역사란 벼락과 같다. 어젯밤 k는 이렇게 썼다. 너무 거대한 문장이라고, 서사로 환원되기엔 지나치게 무겁고 짙은 문장이라고 생각했으나 막상 적고 나니 다음 문장들이 자연스럽게 이어졌다. k가 즐기는 것은 그런 것이었다. 불가능한 문장이 자꾸 더 불가능한 문장을 불러들이는 것. k는 그것이 시와 소설의 차이라 생각했다. 시에서 불가능이란 없었다. 시는 차라리 불가능 그 자체였으므로, 사사로운 불가능에 흔들리지 않았다. 이에 비해 소설에는 불가능이 차고 넘쳤다. 불가능은 넘쳐흘러 그릇을 엎지르고 테이블 밑으로 떨어트려 깼다. k는 유리 장식장 안에 전시된 고급 은 식기들을 하나씩 꺼내 바닥에 던져 깨트리는 아이처럼 소설을 썼다. 한바탕 소란이 지나고 난 후 아이는 발바닥에 날카로운 것이 박히지 않게 조심조심 걸어가 바닥에 난자하게 펼쳐진 은 식기 파편들에 제 얼굴을 비춰보았다. 그럼 거기

무엇이 있었나? 아무것도. 난자한 은빛 바닥 위론 아무
것도 비치지 않았다. 문장도. 소설도. 아이도.

"아니다." 남자아이가 말했다. "좋아하는 것 같기도
하고."

"뭐를?"

k가 물었고, 남자아이는 작게 웃음을 흘렸다.

"시요. 소설보단 좋은 것 같아요."

놀리는 듯한 말투였지만 불쾌하진 않았다. k는 잠시
고민하는 시늉을 하고 이렇게 물었다.

"왜?"

"짧잖아요."

아주 긴 시도 있어. 아주 짧은 소설도 있고. k는 굳이
그런 얘기를 꺼내진 않았다. 하더라도, 하지 않더라도
이상하지 않을 얘기였다.

3

k는 남자아이와 함께 두어 블록을 정처 없이 떠돌다
가 카페로 들어갔다. 작업을 하기 위해 자주 들리는 카

폐였다. 옅은 노랑을 띤 조명은 썩 좋은 편이 아니었지
만, 천장이 높아 소음이 잘 고이지 않았다. 그럼에도 이
따금 사람이 몰릴 때면 k는 자주 머릿속이 하얗게 비어
아무것도 쓰지 못한 채 시간을 버리곤 했다. "여기 항상
사람 많지 않아요?" 남자아이는 이해 가지 않는다는 듯
물었다. 예상할 수 있는 질문이었으므로 k는 곧바로 대
답할 수 있었다. "들리지 않을 정도면 돼. 직접 들리지
않을 정도면. 오히려 그 정도면 도움이 되지." 남자아이
는 여전히 이해 가지 않는 것 같았으나 더 자세히 묻지
않았다.

"지금도 있어요?"

남자아이는 한쪽 발을 까딱거리는 버릇이 있었다. 다
리를 꼬고 앉아 정신 사납게 한쪽 발을 까딱거리는 모
습을 보자 k는 햄버거 매장에 있을 때도 남자아이가 똑
같은 자세였음을 기억해낼 수 있었다. 아마 학교에서도
마찬가지리라. 다닥다닥 붙은 책상 중 한곳에 앉아, 옆
책상의 영역을 침범할 정도로 다리를 꼰 채 쉼 없이 한
쪽 발을 까딱거리는 남자아이의 모습이 떠올랐다. 책상
밑으로 고개를 처박은 채 핸드폰을 보는 모습이었다. 그
럼 옆자리에 앉은 아이는 아무렇지 않은 척 바지 허벅

지 부분에 묻은 흙을 털어내고,

"소설 지금도 있어요? 여기서 쓴다면서요."

k는 번뜩 고개를 들었다. 오른손은 남자아이가 꺼낸 말을 이해하기도 전에 작업용 노트북이 든 사이드백 쪽으로 움직였다. 남자아이는 여전히 발을 까딱거리며 k의 오른손을 잠시 힐끔거렸다가 다시 시선을 들었다. k는 오른손을 거뒀다.

"아니, 지금은 없어."

"으응."

익숙한 음색의 리드미컬한 팝송과 다른 손님들이 수런거리는 소리가 정확한 형체 없이 뭉쳐졌다 흩어졌다를 반복했다. 이곳에 올 때면 k는 잔잔한 파도에 간신히 바닥만을 적시게 내놓은 맨발처럼, 소리를 향해 귀를 열어두곤 했다. 그러다 보면 세계의 불가해한 꿈속에 스며드는 기분이 들었다. 육체는 점차 사라졌다. 그러나 지금은 그럴 수 없었다.

"항상 그래요?"

남자아이는 소란스럽게 빨대를 빨았다. 음료 잔엔 이미 얼음만 남아 있었다.

"너는 항상 그러니?"

k는 쏘아붙였고, 이어 당황했다. 왜 갑자기 그런 날카로운 말이 튀어나왔는지 이해하기 어려웠다. 다른 테이블 쪽으로 돌아가던 남자아이의 멀뚱한 시선이 곧바로 k 쪽으로 돌아왔다. k는 당황스러움을 감추며 부드럽게 웃어 보였다. 실수였단다. 아니, 실수조차 아니지. 아주 일상적인 질문이었을 뿐이야. 마치 이제까지 네가 나에게 했던 그런 질문들처럼.

"그러니까 항상 그렇게…… 말을 말이야."

"짧게 하냐고요?"

남자아이는 빙글거렸다. k는 고개를 저었다.

"아니, 아니지. 그건 너무 과격한 말이고. 그러니까 생략을, 원래 그렇게 주어나 목적어 같은 걸 잘 빼고 얘기하느냔 말이었어."

k는 차분히 설명했고, 남자아이는 이해하기 힘들다는 듯 미간을 찌푸렸다.

"다들 원래 그렇지 않아요?" 남자아이가 말했다. "아저씨도 그렇잖아요. 이상해요?"

k는 생각했다. 이상한가? 답은 금방 내릴 수 있었다. 아니, 그렇지 않다. 전혀 그러한 면이 없다. 남자아이의 말처럼 k 역시 그러한 방식으로 말하고 있었다. 본래 구

어란 생략의 장르였다. 이상한 것은, 그러므로 k였다.
k가 이상해진 것이었다. 그 일이 있고 난 뒤로, 줄곧 그
랬다. 그런 상태가 지속됐다. 그렇다면 왜? 왜 너는?

　"하여튼 그건 그거고," 남자아이는 어려운 얘기를 더
하고 싶지 않다는 듯 말을 돌렸다. k도 그것을 말릴 이
유가 없었다. "원래 그러냐고요, 아저씨는."

　"뭘 말이니?"

　"그거, 그 아까 창밖으로 하던 거, 이거, 이거요."

　남자아이는 허공을 향해 손을 뻗으며 시늉했다. 역사
란 벼락과 같다. k는 말없이 남자아이의 팔이 깃발 없는
깃대처럼 힘없이 휘적거리는 모습을 바라보았다.

4

　"그래," k는 대답했다. "매일 그래."

　"으응."

　남자아이는 더 질문하지 않았다. 질문의 차례는 다시
k에게 넘어왔다.

　"이상하니?"

k는 지그시 남자아이의 두 눈을 바라보았다. 이때 k는 남자아이가 자신의 시선에서 광기를 읽을지 모른다고 생각했다. 매일 아침 창밖으로 몸을 내밀어 건너편 벽을 만져보려 하는 남자. 그것이 외부에게 어떤 이미지로 와닿을지는 생각해본 적 없었다. 누군가 드나들기에 두 건물 사이의 간격이 너무 좁았기 때문은 아니었다. 물론 그런 이유가 지금까지 k의 행동이 누구에게도 발각되지 않도록 해준 것은 사실이었으나, k가 그것을 고려한 것은 아니었다. k는 다만 잠에서 깬 지 얼마 되지 않았을 때의 몽롱한, 꿈과 현실을 자신과 세계를 명확히 구분 짓지 못하는 갓난아기와 같은 태도로 그러한 일들에 무심했다. 잠에서 깨어 창문을 열고 커튼 바깥으로 몸을 내밀 때 k에게 있어 세계는 잠시 증발한 것과 다름없었다. 아니, 차라리 세계는 k가 잠든 사이 완전히 증발하였다가, k가 그같이 하루를 시작하는 동안 수증기의 단계를 거치며 내려앉는 물기처럼 천천히 돌아왔다고 말해야 한다.

남자아이는 곧바로 대답하지 않았고, k는 궁금했다. 왜? 왜 너는 나와 같이 다니고 있나?

"그리고" 먼저 입을 연 건 k였다. "아저씨 아니야."

k는 농담을 던질 때처럼 표정을 우스꽝스럽게 구겼다. 그러나 그것이 남자아이에게 우스꽝스럽게 느껴질지는 알 수 없었다. 어쨌든, 남자아이는 작게 웃었다.

"저한테 그 나이면 아저씨예요, 아저씨."

k는 남자아이의 말이 의미하는 바를 곧바로 이해하지 못했다. 남자아이는 지그시 k의 두 눈을 올려다보고 있었다.

"알아?" k는 저도 모르게 언성을 높였다. "알아, 내 나이를?"

짧은 순간, k는 남자아이의 어깨 너머 유리 벽 쪽 테이블에 앉아 있던 한 남자가 몸을 돌려 그들 쪽을 힐끔거리는 걸 느꼈다. 그들을 보기 위해서가 아니라, 오래 앉아 있어 뻐근해진 허리를 잠시 풀어주기 위해서였다 하더라도 이상하지 않을 법한 동작과 속도였다. 하지만 남자는 k와 남자아이 쪽을 보았고, k는 그것을 알 수 있었다. 그 일이 있고 난 뒤로, k는 그런 것들을 알 수 있는, 알아버리는 사람이 되어 있었다. *이상해진 것은……*.

"찾아봤어요, 한 명 한 명 전부 다." 남자아이가 말했다. "이상해요?"

5

역사란 벼락과 같다. 어젯밤 k는 이렇게 썼다. 오랫동안 그 일에 대해 써보겠다고 생각해왔다. 아무도 얘기를 꺼내진 않았지만, 동료 작가 중에도 k가 그 일에 대해 쓰리라, 결국은 그렇게 되리라 예상을 하는 이들이 적지 않았다. 그들의 예상, 혹은 기대는 썩 유쾌하지 않았으나, 그렇다고 그것이 k에게 강압이 된 것은 아니다. 오랫동안 k는 그 일에 대해 써보겠다 생각해왔다. 지극히 사적인 욕망이었다. 자신과 자신의 주변에 들이닥친 사사롭거나 사사롭지 못한 일들을 이야기의 얼개로 엮어내는 것은 줄곧 해오던 일이었다. 불가해하거나, 적어도 자신에게 불가해하게 여겨지는 세계를 소설이라는 그릇에 쏟아붓고, 기어코 엎어져 산산이 부서진 조각들을 그러모아 지정된 쓰레기 단지에 제출하는 것이 k의 업이었다. 이를 통해 지급받는 소박한 수준의 대가와는 별개로, k는 일련의 과정에서 자족하는 생활을 선택한 이들이 느끼곤 하는 그런 만족을 얻고 있었다. 그러므로 그 일은 내게 주어진 완전히 새로운 작물의 씨앗과 같다. k는 그렇게 생각했다.

"오른쪽으로 가요."

별 대화 없이 길을 걷던 중 남자아이가 불쑥 말했다. 갈림길. k의 집은 뒤쪽이었다. k는 자신이 어떻게 해서든 짝사랑하는 아이와 떨어지지 않기 위해 핑계를 만드는 아이 같다고 생각했다. 남자아이는 대답을 기다리는 표정으로 k를 보았다. 어떻게 할래? 어디까지 쫓아올 거야? 오래전 자신에게 그런 말을 했던 아이를 k는 기억했다. "아, 어, 집까지…… 집에 데려다주면 안 될까?" 어린 k는 구걸하듯이 말했다. 그래서 그 아이는 뭐라 대답했더라? k는 그 아이의 이름이나 얼굴을 기억하지 못하듯이, 그날 자신이 그 아이를 집까지 데려다줄 수 있었는지 기억하지 못했다. 데려다주었더라도, 데려다주지 않았더라도…….

"그럼 그쪽으로 가자."

k는 앞장서서 걸었다. 남자아이는 별말 없이 따라 걸었다. 팔 차선 도로 옆으로 샛길처럼 난 계단이었다. 돌로 된 계단은 세로 폭이 좁고 높았고, 군데군데 칠이 벗겨진 난간이 언제 뒤로 넘어가도 이상하지 않을 것처럼 간신히 가장자리를 지키고 있었다. 자꾸 발의 앞부분이 허공을 짚는 바람에 k는 자주 비틀거렸는데, 남자아

이는 성큼성큼 걸었다. "잡는 게 좋을걸요?" 어느새 k를
앞지른 남자아이는 뒤를 돌아보지 않은 채 말했다. k는
미심쩍은 눈으로 난간을 살피다가 조심스럽게 손을 얹
었다. 먼지와 일어난 페인트의 까끌까끌한 감촉 너머 찬
기운이 뼈를 쑤셨다. 계단 안쪽으로 뻗쳐 온 나뭇가지들
에 이따금 손등이 긁혔다. 먼저 밑에 도착한 남자아이는
비스듬히 등을 보인 채 k를 기다리고 있었다.

　　계단은 오래된 빌라 단지로 이어졌다. 방파제처럼 높
게 솟은 팔 차선 도로가 해가 드는 쪽을 가린 탓에 옅은
그늘이 빌라 입구를 덮고 있었는데, 그 때문인지 단지
안쪽 골목도 저녁 어스름이 내린 듯 우중충했다.

　　"진짜 올 거예요?"

　　남자아이가 물었다. 목소리에서 난처함이 느껴졌다.

　　"네가 괜찮다면."

　　k는 남자아이가 거절하지 않을 걸 알았다. 어째서인
지는 알 수 없었지만, 그런 확신이 있었다. 동질감일 거
라고, k는 생각했다. 남자아이의 시선이 k를 재빠르게
위아래로 훑었다. k는 더 자세히 훑어보라는 듯 두 팔을
벌리고 섰다. 어렴풋이, 남자아이의 입가에 웃음기가 도
는 것이 보였다.

"뭐, 알아서 해요."

남자아이는 두 손을 주머니에 넣고 다시 앞장서 걷기 시작했다. 콧노래를 흥얼거렸다. 익숙한 멜로디라는 생각에 k는 유행하는 한국 가요이리라 생각했는데, 듣다 보니 그렇지 않았다. 보다 더 익숙한 멜로디. 카페에서 늘상 흘러나오던 팝송이었다.

6

누구야? 누구도 직접 그런 말을 꺼내지 않았지만, k는 자신을 힐끔거리는 그 시선들 속에서 그런 말을 읽을 수 있었다. 남자아이의 또래로 보이는 아이들이었다. 다들 교복을 입고 있었는데, 다 같은 교복은 아니었다. "친구." 남자아이는 k와 아이들을 한 번씩 번갈아 보며 말했고, k는 남자아이의 말이 지칭하는 대상이 그들 모두임을 알 수 있었다. k는 문득 고개를 들었다. 양옆으로 듬성듬성 엇갈려 내어진 창문들이 보였다. *이제 누군가 창문을 열어 몸을 내밀고……*

"웃기는 새끼."

남자아이였다. 그러니까 k를 이곳으로 데려온 남자아이가 아닌 다른 남자아이였다. 쌓인 먼지를 손으로 대충 쓸어낸 듯한 실외기 위에 엉덩이를 걸치고 앉아 담배를 꼬나물고 있었다.

"할래요?"

남자아이는 재킷 안주머니에서 담뱃갑을 꺼내 k 쪽으로 내밀었다. 의도적인 건들거림이 느껴졌다. 오만함을 연기하는 어리숙한 경계심. 여기서 다시 한번, k는 이 불편한 만남에 종지부를 찍을 수도 있었다. 마치 어쩌다 보니 길을 잘못 들어온 사람처럼 몸을 돌려 그대로 단지를 떠나기만 하면 되는 것이었다. 마땅히. 만약 자신이 그런다고 하더라도 누구도 이상하게 생각하지 않을걸 k는 알았다. 오히려 그쪽이 자연스러우리라. 모욕이라도 당한 것처럼 홱 하고 몸을 돌려 그대로 단지를 빠져나가면 모두 없던 일이 될 것이었다. k는 원래부터 그러고 있었던 것처럼 벽에 등을 기대고 서서 고요한 눈길로 자신을 올려다보는 남자아이, 그러니까 첫 번째 남자아이를 보았다. 모욕. 자신이 왜 그런 단어를 떠올렸는지 이해할 수 없었다. 지나쳤다. 그것은 적어도, 저 남자아이와는 무관한 단어였다.

"아니, 안 펴." k는 말했고, 이어 이렇게 거짓말을 덧붙였다. "금연 중이야."

의미 없는 거짓말이었지만, k는 그렇게 말해두는 게 나으리라 생각했다. 담뱃갑을 내밀었던 남자아이는 어깨를 으쓱이며 담뱃갑을 다시 안주머니에 집어넣었다. k는 최대한 부드럽게 웃었다.

"어떻게 해요?"

다른 아이 중 하나가 불쑥 물었다. k는 고개를 돌렸다.

"나한테 물은 거니?"

"네," 무릎에 재킷을 덮고 쭈그려 앉은 여자아이였다. "어떻게 끊었냐고요."

본래 그런 색인지 염색을 한 것인지 분명하지 않은 짙은 갈색 긴 머리의 여자아이였다. 실 핀으로 앞머리를 넘기고 있었는데, 반대쪽 머리카락이 얼굴을 조금 가린 모양이었다. 그 탓에 k의 위치에선 한쪽 눈이 잘 보이지 않았다. k는 재빨리 입을 열었지만, 대답은 곧바로 나오지 않았다.

"왜, 너 끊으려고?"

k가 망설이는 사이 말을 뺏어간 건 담뱃갑을 내밀었던 남자아이였다. 여자아이는 날카로운 눈길로 남자아

이 쪽을 돌아보았다가 이내 다시 k를 보았다.

"뭐래. 말했거든, 끊는다고."

"왜?"

남자아이는 집요했다. 능글거리는 목소리였다.

"아씨." 여자아이는 짜증스러운 투로 쏘았다. "몰라, 목 관리해야 돼."

k가 두 사람이 연애하고 있음을 눈치챈 것은 그 순간이었다. 문득, 아무런 이유 없이 그것을 깨달을 수 있었다. 그래, 이 아이들은 지금 연애를 하고 있구나. k는 어쩐지 그 사실이 놀랍게 여겨졌다. 뒤늦게 자신이 잘못된 상영관에 들어왔음을 눈치챈 관객처럼.

"그래서요." 여자아이는 낄낄거리는 남자아이를 한 번 쏘아보고는 목구멍에서 가래를 끌어모아 바닥에 뱉었다. 신경질적으로 휘젓는 손이 입술 밑으로 얇고 길게 늘어지는 침 줄기를 끊었다. "어떻게 끊었어요?"

k는 여자아이의 발 앞에 납작하게 들러붙은 액체를 내려다보았다. 침 속에 있던 누런 알맹이가 떨어져 있던 담뱃재와 뒤섞여 구역질 나는 모양을 이루고 있었다. k는 잠시, 저도 모르게 눈살을 찌푸렸다. 하지만 찌푸려진 눈살이 도로 펴졌을 땐 자신이 그런 행동을 했음을

기억하지 못했다. k는 오히려, 마치 처음부터 그런 표정만을 염두에 두었다는 듯 부드러운 웃음을 지어 보였다. 선생 같은 표정이었다.

"요령은 없어." k는 조금 고민하는 듯하더니, 다시 말했다. "요령은 없어. 그냥 끊는 거지."

"아씨," 여자아이는 투덜거렸다. "어떻게 말하는 게 다 똑같니?"

여자아이는 동의를 구하듯 옆에 있는 아이에게 눈짓했다. k가 왔을 때부터 줄곧 이어폰을 낀 채 핸드폰을 보던 아이였다. 아이는 멍하고 크게 뜬 눈으로 여자아이를 돌아보더니 이내 씩 웃고는 다시 핸드폰을 보았다.

"그런데 목은 왜?"

k가 물었지만 여자아이는 못 들은 척했다. 잠시 여자아이의 눈이 자신에게 향했다 돌아가는 것을 보았으므로, 그것이 못 들은 척임을 알 수 있었다. 대답한 것은 남자아이, k를 이곳으로 데려온 남자아이였다. 이때 이 남자아이는 완전히 다른 아이들과 섞여들어, k는 목소리를 따라 고개를 돌리고서야 그가 바로 그 남자아이라는 것을, 다소 놀라운 감정으로 알아차렸다.

"노래해요. 싱어송라이터예요, 쟤."

아이들이 웃음을 터뜨렸다. 웃지 않는 것은 여자아이와 k뿐이었다. 여자아이는 새 담배에 불을 붙였다.

"야, 보여줘 봐 그거."

담뱃갑을 내밀었던 남자아이가 발을 뻗어 여자아이의 종아리를 툭툭 건드리며 말했고, 여자아이는 신경질적으로 발을 쳐냈다. 다시 아이들 사이에 웃음을 번졌다. k는 무언가 말을 꺼내기 위해 잠시 입을 열었다가 닫았다. 무슨 말이든 실례가 될 것이었다. 꽤 오래전부터, 말하자면 그 일이 있기 전부터 k는 그런 것을 알 수 있던, 알아버리는 사람이었으므로.

"유튜브 봐요?"

웃음이 잦아들 즈음 여자아이가 퉁명스럽게 물었다. k는 앤디 워홀과 직접 소스를 발라 먹는 햄버거, 그리고 은 식기로 스테이크를 썰어 먹는 서구인들이 떠올랐지만, 말하지 않았다.

"보지. 요샌 다 보니까."

여자아이는 말없이 손을 뻗었다. k는 이 동작의 의미를 곧바로 이해하지 못했는데, 잠시 멀뚱히 여자아이의 손을 내려다보다 보니 이해할 수 있게 되었다. k는 주머니에서 핸드폰을 꺼내 유튜브를 켠 채로 여자아이에게 건넸다.

"자요. 구독 풀기만 해봐, 진짜."

7

k는 집에 돌아오자마자 옷을 벗어 침대 위로 던졌다. 집 안은 안개 속처럼 어슴푸레한 공기에 잠겨 있었다. 피로가 쏟아졌지만 잠이 올 것 같진 않았다.

"오른쪽으로 가요." 그건 헤어지기 전 남자아이가 한 말이었다. "혼자 갈게요."

"아아, 그래."

k는 얼떨떨한 목소리로 대답했다. 이름을 물어보지 않았음을 깨달은 건 빌라를 두 개 지나온 뒤였다. 내 소설에 네가 등장할 거야, 또 너의 친구들도. 정확히, k가 전하지 않은 말은 그랬다. 역사란 벼락과 같다. 어젯밤 k는 이렇게 썼고, 지금이라도 뛰어가 남자아이를 붙잡을까 생각했지만 포기했다. 남자아이는 오른쪽으로 가지 않았을 것이다. 그런 예감이 들었다. 먼저 걸음을 돌린 건 k였으므로, k는 남자아이가 정말 오른쪽으로 갔는지

확인하지 못했다. 상관없는 일이었다. 만약 정말 소설 속에 남자아이가 등장한다고 해도, 남자아이는 영영 그 사실을 모를 것이었다. 오늘의 만남에 대해 여자아이가 노래한다고 하더라도, k가 영영 그것을 모를 것이듯이. k는 그런 것을 알았다.

k는 침대에서 일어나 커튼을 젖혔다. 아침에 본 것과 크게 다르지 않은 그늘 같은 햇빛이 회백색 콘크리트에 서 반사되어 들어왔다. 핸드폰으로 유튜브에 들어갔다. 잠시 머릿속으로 단어를 고르다 '앤디 워홀 햄버거'라 고 쳤다. 제목은 전혀 달랐지만, 기억하고 있던 영상이 화면 맨 위쪽에 떴다.

역사란 벼락과 같다. 아무 말 없이 햄버거 포장을 벗 기고 위에 빵을 열어 준비된 토마토케첩을 안에 바르는 앤디 워홀을 바라보며, k는 오늘 내내 들고 다녔던 노트 북과 그 안에 적힌 한 문장을 생각했다. 영상은 4분 39 초짜리 한 개의 롱숏으로 구성되어 있었다. 마지막 부분 에 이를 때까지 소리라곤 포장지가 부스럭거리는 소리 와 희미하게 들려오는 햄버거 씹는 소리가 전부였다. 그 리고 *미량의 잡음.* 앤디 워홀은 천천히, 딱히 음미하지도 않으면서 햄버거를 삼켰다. "안 드세요?" k는 완전히 같은 동작을 수행하는 다른 두 속도에 대해 생각했다.

"My name is Andy Warhol and i just finished eating a hamburger."

k는 일어나 가방에서 노트북을 꺼내 앉았다. 그리고 모든 것을 쓰기 시작했다. 탐욕스럽게.

프란츠 카프카

어떤 미래는 이미 지나친 것 같다. k는 아무 맥락 없이, 별다른 깨달음의 징후도 없이, 지루한 행렬을 이룬 건너편 도로의 차들을 버스 창 너머로 바라보며 생각했다. 정거장에 버스를 세운 채 서둘러 자리를 뜬 버스 기사는 한참 소식이 없었고, 앞문과 뒷문을 활짝 열어 휑뎅그렁한 내부를 드러낸 버스는 어느 유럽인의 정원에서 발굴된 기록 없는 민족의 늑골처럼 보였다. 승객은 k 하나였다. 이때 k는 늑골 안쪽에 들러붙은 유령 같다. 충분히 벌어지지 않은 뼈 사이 걸려 채 빠져나가지 못한 찌꺼기거나, 원한을 품고 이승에 남았으나 숨구멍 하나 없이 단단히 다져진 흙더미 속에서 너무 오랜 시간을 허비한 나머지 자신이 죽음의 여과물이란 사실조차 망각해 영영 성불할 길을 잃은 불운한 망령이거나. 잠시 후, 누군가 앞문을 올랐다. 기사는 아니었다. 착각인지, 아니면 버스 주위를 두른 옅은 백색소음을 제외하곤 아무 소리도 없는 잠시간의 진공 상태가 감각을 예민하게 만든 탓인지는 알 수 없었지만, k는 버스 앞문 계단을 오르는 발소리만 듣고 그 사실을 알아차릴 수 있었다. 하나의 철제 계단을 딛는 두 발소리가 미리 합을 맞춘 듯 거의 동시에, 그러나 아무리 많은 공동 연습을 한 악기공들조차 합연 중에 어쩔 수 없이 만들어내기 마련인 그런 미세한 엇나감을 사이에 둔 채, 마치 지나치게 엄격한 잣대를 세워 종내는 자신을 제외한 누구도 알아차리지 못하는 그런 작은 실수에까지 참을 수 없는 부끄러움과 분노를 느끼는 완벽주의 지휘자의 귀를 통하기라도 한 것처럼 선명히 분리된 소리로 들려왔기 때문이다. 지극히 평범한 두 귀, 정확히는 평범한 성장과 노화의 과정을 거친 k의 두 귀로는 경험해본 적 없는 감각이었다. 따라서 이 찰나의 소리는 모든 최초의 기억처럼 어떤 해석을 통과하기도 전에, 음향의 작은 무늬들이 채 의식의 벽면에 흔적을 남기기도 전에 망각으로 침적해버렸다. 대신 찰나가 지난 뒤 재빨리 돌아간 k의 고개만이 방금 그에게 일어났던 초월적인 순간을 암시해주었는데, 이는 그 자신에게도 마찬가지였다. 말하자면 k는 어떤 또렷하고 거대한 재앙이 저를 덮치는 순간 꿈에서 깬 사람처럼, 도대체 무엇이 제 의식을 그토록 자극했는 지 전혀 기억하지 못한 채, 다만 무언가 있었다는 사실 만을 어렴풋이 느끼며, 돌아간 고개가 가리키는 방향을 멀뚱히 바라보고 있었다. 그리고 바로 그 시선이 향한 곳에서 두 아이가 계단을 올라왔다. 누가 먼저 버스 안 쪽에 들어가나 내기라도 했는지 서로의 몸을 밀고 당기 고 하며 계단을 오르는 두 아이의 얼굴은 번잡스럽게 움직이는 그들의 네 팔 사이로 언뜻 보아도 알 수 있을 만큼 창백했다. 거기다 머지않아 박쥐를 닮게 자라날 것 을 쉽게 짐작게 하는 두 쌍의 뾰족하고 큰 귀도 눈에 띄 었다. 이목구비 중 유일하게 성장을 마친 듯 유난히 높 고 매끄러운 두 콧대는 그들의 먼 조상 중에 퇴화한 조 류의 일종이, 혹은 진화에 실패한 인류의 일종이 섞여 있음을 알려주는 표시처럼 보였다. 쌍둥이. k는 동일한 특징들로 이루어진, 그러나 그 합이 묘하게 다른 형태를 직조하고 있는 두 얼굴이 머지않아 도달하게 될 (하나 의) 얼굴을 떠올릴 수 있었다. 아니, 기억했다 말해야 한 다. k는 이미 자신이 저 아이들과 비슷한 또래였던 시절

에 그 얼굴을 본 적 있었다. 시내의 작은 공립 도서관에
서였다. 어쩌면 어딘가 지하의 헌책방이었나? 나이를
고려하면 누군가 보호자 격의 어른이 동행했을 법한데,
이와 관련해선 기억나는 게 없었다. 기억나는 건 자신이
평소 보던 종류의 책들과는 다른, 훗날 자신이 숱하게
읽게 될 것들과 이후 다시는 마주치지 않게 될 것들이
섞인 책들 사이에서 찾은 어떤 사진이었다. 책날개 부분
에 실린 흑백사진엔 이국의 저승사자가 쓸 법한 검은
모자를 쓴 한 남성이 찍혀 있었다. 화질이 좋지 않았음
에도 잊기 힘든 선명한 인상을 가진 남성. 카메라 앞에
서는 게 어색한지 웃음인지 아닌지 모를 미묘한 표정을
짓고 있던 그 남성이 프라하 출신의 유대계 소설가임을
알게 되는 것은, 또 사진 속에서 감지되는 어색함을 남
성의 생이 걸쳐 있었던 여러 상징적 국경들 탓에 사후
그의 작품들이 처해야만 했던 유랑적 운명에 대한 쓸쓸
한 예언으로 생각하게 되는 것은, 적지 않은 시간이 흐
른 뒤였다. 그즈음 k는 이미 처음 남성의 사진을 보았을
무렵의 자신과 비슷한 나이처럼 보이는 이 유대계 소설
가의 어린 시절 얼굴을 본 적 있었는데, 그러니까 아직
시간이 기재되지 않은 폐허 같은 버스 안에서 k가 마주

친 두 아이의 얼굴이 바로 그러했다. 혼란스러운 것은, 두 얼굴이 그러나 완전히 같지는 않다는 점, 따라서 둘 중 누군가는 자신이 기억하는 아직 소설가가 되지 않은 흑백사진 속 아이와 완전히 같은 얼굴일 수 있지만, 다른 한 명의 경우는 그럴 수 없다는 점이었다. 이는 마치 한순간에 대해 한 사람의 머릿속에 공존하는 다른 두 기억처럼, 무엇이 진짜인지는 물론, 개중에 정말 그것이 존재하기는 하는지조차 혼란케 했고, 최초에 그의 시선을 그리로 이끌었던 감각과는 무관하게, 영원히 그 같은 다툼—놀이를 벌일 작정인 듯 아직도 앞문 근방을 넘지 못한 채 이전까지 짓거리의 변주처럼 이번엔 서로의 손에서 교통카드를 빼앗으려 실랑이하고 있는 두 아이에게로 관심을 붙든 것은 바로 이런 혼란이었다. 이때 한 방향으로 뜬 눈을 한껏 찌푸리고 앉은 k는 선잠에서 깬 지 얼마 되지 않아 시야 속으로 끼어드는 꿈의 잔상을 애써 지워내려는 사람처럼 보인다. 혹은 공공장소에서 작은 소란을 일으키고 있는 버르장머리 없는 아이들에게 한바탕 꾸짖음을 쏟아내려 준비하는 괴팍한 노인이거나. "그만!" 곧이어 터져 나온 목소리는 쩌렁쩌렁했다. 앞문 바깥에서 들려온 것이었다. k가 아니었다. k는 목소리의 쩌렁쩌렁함보다는 그것이 자신에게서 나오지 않았다는 사실에 놀란 듯 고개를 돌렸다. 그러자 앞문으로 다시 한번 누군가가, 마치 두 아이 중 하나가 저들끼리의 장난에 너무 심취한 나머지 놓고 와버린 그림자가 한참을 기다린 후에야 어쩔 수 없이, 제 불변하는 속성을 잠시 외면하고 오지 않은 주인을 좇아오듯, 그러나 주인의 지휘 없이 움직이는 것은 역시 영 어색하다는 듯 뒤뚱거리는 걸음걸이로 입장했다. 낮은 곳에서 높은 쪽을 향해 쏘아진 빛이 만들어낸 그림자처럼, 빈약해 보이는 하체와 딱히 그와 비교하지 않더라도 비대한 상체의 여성이었다. k의 위치에선 단번에 눈에 띄지 않았지만, 오른손으로 짧은 지팡이를 짚고 서 있었다. k는 여성이 실제로 짚고 있는 지팡이를 보기에 앞서, 찰나에 불과한 차이를 두고, 걸음걸음마다 미묘하게 뒤뚱거리는 여성의 몸과 철제 계단이 내는 독특한 엇박자 소리를 듣고 이를 짐작해냈는데, 언급한 찰나가 지난 뒤 직접 눈으로 확인한 여성의 지팡이는 놀랍도록 예상한 그대로였다. 이 일치가 지나치게 기묘해 k는 자신이 꿈속에 있으며 지금 앞문 계단을 올라온 여성의 지팡이는 제 자아의 일부가 의식적으로는 기억할 수 없는 어느 풍경의 존재감 없는 오브제의 형태를 훔쳐 입은 것이라고는 오히려 생각할 수 없었고, 그저 쉼 없이 흩어지고 뭉치는 구름 무리 속에서도 언제나 익숙한 모양을 찾아내는 자신의 편협한 상상력이 또 한 번 착시를 일으킨 것에 불과하다고, 버릇처럼 자책하며 짐작했다. 반투명 유리로 된 우리에 갇힌 듯, 자신이 이미 오래전에 온전한 외부를 감각할 수 없게 되었음을, 목격하는 모든 풍경 속에서 익숙함을 해독해낼 수 있게 되었으므로 자신에게 남은 미래란 상연이 예정된 비극에 불과해졌음을 k는 알았다. 이따금 공명정대한 세월의 저주로 저와 다름없는 모양이 되어버린 주변 사람 중에서 자신과 다르게 활기를 유지하고 있는 이들을, 마치 아직 현실이 존재하는 것처럼 행동하며 필요하다면 그것이 기만적임을 잘 알고 있음에도 얼마든지 자신과 타인을 속이는 연기를 벌이는 이들을 발견할 때조차, k는 순순히 굴레에 빨려들지 않는 그들에게 감탄하는 한편 그들이 실은 자신의 낡고 지루한 놀이가 그러나 결말을 맺지만은 않았으면 바라는 신이 보낸 꼭두각시들이 아닐까 하고, 자신이 권태에 가라앉아 장기짝으로서의 기능을 잃지 않게 하기 위한 수작질이 아닐까 하고 의심했다. 물론 짐작할 수 있다시피 진지한 의심은 아니었다. 신앙인이 아님에도 세계의 해명할 수 없는 영역들을 유신론적 음모로 채우려는 이런 태도는, k에게 있어 꼬리뼈나 다름없는, 진화가 인류에게 남긴 기능 없는 기관의 일종이었다. 벼락을 보며 닿을 수 없는 구름 안쪽을 감지하는 대신 신을 꿈꾸었던 과거 인류와 완전히 같은 방식으로, 인지적인 탐험을 포기한 자아가 퇴행을 시도하는 것이라고, 대다수 인간은 자신처럼 부모라거나 선생 따위의 신의 우둔한 대리자에게 기재받은 자아가 통솔하는 대로 (그러므로) 본질적으로 젊음일 수 없는 젊음을 통과했다가 이내 무기력을 가장한 나태함에 빠지고 그 뒤로는 자연스럽게 유아기적 망상을 실천하는 것이라고, 너무 이른 불행에 삼켜지는 경우가 아니라면 누구나 이렇듯 디앤에이적인 삶을, 전체가 걸어왔던, 걸어가게 될 역사를 한 편의 단막극처럼 공연하는 것이라고 생각해왔다. 따라서 k는 얼마 지나지 않아 자신이 앞서 두 아이에게서 발견했던 기묘함도 여성의 지팡이에서 느꼈던 것과 다름없는 착시의 결과라고, 또 한 번 낯선 얼굴 속에서 구태여 익숙함을 찾아낸 것이거나 망상이 도진 뇌가 되지도 않는 수작질을 벌인 것이라고, 예의 지팡이를 통해 환기한 자신의 오랜 관점에 의거하여 결론 내릴 수 있었다. 이즈음 계단을 다 오른 여성은 장난스럽게 군기를 연기하는 두 아이를 능숙하게 지휘하여 순서에 맞춰 교통카드를 제 위치에 찍게 한 뒤 버스 안쪽으로 걸어 들어오고 있었는데, 이미 관심이 시들해진 k는 그러거나 말거나 다시 창밖으로 고개를 돌리려 했지만, 목을 꼿꼿하게 편 채 제가 앉은 좌석 옆을 지나던 두 아이가 하나같이, 마치 허공의 좌표를 향해 시선을 던지는 동물들처럼, 그리하여 사람들로 하여금 귀신이나 정령 따위를 상상하게 하는 동물들처럼 제 쪽으로 은근히 곁눈질하고 있음을 발견하는 것이 한발 빨랐다. 이는 k가 그에 대한 어떤 판단을 하기도 전에 재빨리 (동시에) 거두어졌으나, k는 오히려 그래서, 두 아이가 아무 일 없었다는 듯 지팡이를 짚은 여성이 시키는 대로 대각선 뒤편 좌석에 나란히 앉은 이후에도 그들의 상징적이며 도전적인 시선이 지속됨을 알 수 있었다. 빨려들듯 k의 시선이 두 아이를 좇아 그들이 앉은 좌석에 함께 착석했던 것은 이 탓이다. k는 섬뜩한 예감을 느꼈다. 금방 자신이 착시라고 결론지었던 기현상이 실은 세계가 때때로 저지르곤 하는 오류의 흔적일지도 모른다고, 어떤 그럴 만한 이유로 잠시 벌어진 시간의 틈을 통해 볼 수 없는 시대와 눈을 마주쳤는지 모른다고 생각했다. 물론 이 같은 가정은 대다수 망상이 그렇듯 환상이 구현되기 위해 필요한 여러 구체적이고 자질구레한 조건들을 무시하고 있었으나, 평범한 선인들이 쉽게 위악에 끌리듯 섬뜩한 예감에 사로잡힌 k는 그런 것을 전혀 개의치 않았다—요컨대 k가 앞서 경계했던 예의 망상적 태도가 그 순간 활개 치기 시작했다—. 지휘를 성공적으로 끝내고 막 자리에 앉은 여성이 그의 두 아이에게 의중을 짐작할 수 없는, 다만 밑바탕에 깔린 광기를 어렵지 않게 짐작할 수 있게 해주는 불쾌한 끈질김으로 시선을 보내는 늙은 남성에게 지극히 합당하며 다소 소극적이기까지 한 질문—"무슨 일이죠?"—을 던졌을 때도 예의 뒤에 감춰두었을 두려움이나 경계심은 고려치 않은 채 이렇게 물었던 것은 그런 연유다. "이름…… 아이들 이름을 알 수 있을까요?" 이때, 질문하는 중에도 두 아이에게서 한시도 눈을 떼지 못한 k의 머릿속을 지배한 것은 오로지 둘 중 누가 예의 소설가의 어린 시절이며, 자신이 아는 한 탐욕스러운 연구자들에게 생애의 작은 흔적까지 모조리 파헤쳐져 아주 소박한 영역을 제외하곤 비밀을 남기지

못한 이 작가에겐 쌍둥이가 있지 않았으므로, 또 누가
시간이 지워버린, 존재하지 않을 미래의 어린 시절이냐
는 호기심이었다. 물론 이 관음적인 의문은 해소될 수
없었다. "저 할아버지." 처음부터 좋지 못한 낌새를 풍
기던 노인네가 예상한 그대로의 인물이라 확신한 여성
이 대답을 해주는 대신 자리에서 일어나 두 아이와 k 사
이를 가로막아 섰기 때문이다. "무슨 일이세요? 저희 애
들을 알아요?" 이전에 비해 명백히 공격성을 드러낸 목
소리로 k에게 쏘아붙인 여성은 이어 두 아이에게로 고
개를 돌려 "응, 알아?" 하고 물었다. 앞선 대치가 벌어지
는 동안 남 일인 듯 무관심한 태도로 각자의 주머니에
서 핸드폰을 꺼내 든 아이들은 저들을 향한 질문에 잠
시 고개를 들어 여성을 보았다가 다시 핸드폰으로 시선
을 돌릴 뿐이었다. 하지만 여성은 충분한 답을 들은 표
정으로 k를 돌아보았다. 사건이 새로운 형국에 들어섰
음을 알리는 신호처럼, 영원히 돌아오지 않을 것 같던
기사가 마치 잠깐 화장실에 들렀다 온 듯한 모습으로,
그러므로 실은 정말 잠깐 자릴 비웠던 것뿐인지도 모르
게 뛰어들어온 것은 그때다. 이 때문인지, 아니면 어떤
종류의 들뜸도 한없이 지속될 수는 없기 때문인지, 달리

어떤 징후도 없이, 그제야, 자신이 무슨 일을 벌였는지 깨달은 듯 얼굴이 급격히 당혹스러움에 물든 k는 횡설수설하며, 자신이 두 아이의 이름을 물은 이유에 관해, 두 아이와 신기할 정도로 닮은 프라하 출신 유대계 소설가의 어린 시절에 대해 늘어놓기 시작했는데, 이는 마치 무대 위쪽 가려진 공간에서 실들을 내려 k를 조종하던 인형사가 뒤늦게 저 혼자 다른 극을 연기하고 있었음을 깨달은 것처럼 갑작스럽고 억지스러운 전환이었으므로, 여성에게 있어선 불결한 목적을 가진 늙은 소아성애증자가 자신이 대적하기 힘든 상대—같은 남성이며 월등히 젊고 건강해 보이는 기사—의 등장으로 황급히 꼬리를 내리는 모습으로 보일 뿐이었다. 하지만 여성은 구태여 추궁하지 않았다. 아직 분명한 잘못을 한 것은 아닌 늙은 남성을 필요 이상 몰아붙이는 것이 자신에게도 또 두 아이에게도 그다지 이롭지 않음을 알았기 때문이다. 대신 여성은 그러고 싶은 마음이 조금도 없었음에도, 늙은 남성의 말을 믿는 척, 그러나 거두지 않은 경계의 표식처럼 지팡이를 일부러 소리 내어 고쳐 짚으며 이렇게 대답했다. "프라하의 뭐, 무슨, 소설가? 작가?" "아, 예!" 이때 서둘러 말꼬리를 붙잡는 k의 태도는 꾸지람이 두려워 요구받은 적 없는 잘못에 대한 해명까지 늘어놓는 노예의 그것 같다. k는 잠시, 이제까지 그런 말투를 사용해본 적이 없었음에도, 마치 외부적인 요인이 기억에 묻혀 있던 k의 어떤 과거를 끌어올린 것처럼 무엇무엇 하옵죠 하고 말하고픈 충동을 격렬히 느꼈다. "혹시……" 하고 뒷말을 잇기 위해 막 입술을 뗐을 때만 해도 k는 충동이 자신의 혀와 입술을 완전히 장악해버렸음을 인지할 수 있었는데, 이상하게도, 어쩌면 이편이 자연스러운지도 모르지만, 막상 뒤이어 k가 꺼낸 문장들은 그런 말투와 무관했다. "……혹시 들어본 적 없으신가요? 웬 말단 외판원 남자가 어느 아침에 벌레가 되는 것으로 시작되는 이야긴데…… 꽤 유명해서 들어봤을 겁니다. 요새는 애들 교과서에도 실린다고 그러더라고요. 나중이 되면 남자는 정말이지 벌레가 되어버려서, 시간이란 것도 완전히 잃어버려서 말입니다, 네, 그런 요상한 이야기를, 아주 요상한 악몽에 대해…… 실은 망상에 가까운데, 하여튼 그런 것을 많이 썼던 작가입니다. 역사상 인류의 내면세계에 가장 지대한 영향을 준, 그게 좋은지 나쁜지는 모르겠으나…… 본래 그런 것이야 판단 영역 밖이 아니겠습니까, 어느 날엔 좋았다가 또 어느 날엔 갑자기 지옥처럼 끔찍해지기 마련이니까요…… 어쨌든 그것의 손길이 영원에 향해져 있다는 점에서, 실은 이 영원이란 것도 찰나가 꾸는 잠시간의 백일몽에 불과하겠지만 말입니다, 그런 거대한 유서를 남기는 바람에…… 잘 나가다가 끝에 가서 그런 실수를 하는 경우가 종종 있지요, 말하자면 절친한 친구에게 제 작품을 모두 불태워달라는, 거부할 수 없는 배신의 유혹을 건네는 거라든지 말입니다, 부인, 그러니까 이 작자가 바로 그랬다는 얘깁니다. 예, 그랬는데…… 어쩌면 그것은 한평생 자기가 걸어 잠근 거대한 문안에서 할 일 없이 낮잠이나 처자던 그 놈팡이의 어처구니없는 농담, 이를테면 엉큼한 계획이었을까요? 뭐, 아무튼 바로 그런 탓에 그만 세상에서 가장 유명한 유대인 중 하나가 되어버린 작자라는 얘깁니다. 그러니까 아실 겁니다, 그렇다마다요.” 앞뒤가 뒤죽박죽인 장광설을 늘어놓는 동안 k는 연단에 선 교수처럼 연신 허공에 팔을 휘둘렀다. 침대 머리맡에서 앵앵거리는 파리만큼이나 보는 이의 집중력을 흐트러뜨리고 인내심을 시험에 들게 하는 동작. 흘러내린 소매 안쪽의 뼈를 드러낸 팔목과 죽은 열매처럼 오그라든 모양새로 그 끝에

달린 손 역시 불쾌하기가 파리나 다름없었고, 이 탓에
여성은 내내 몸을 슬며시 뒤로 빼고 있어 틀어진 중심
탓에 장광설 사이사이 지팡이를 몇 차례 고쳐 잡아야
했다. 의도치 않은, 그러나 의도로 받아들여진다 해도
상관없을, 어떤 위압감이 여성에게서 느껴졌던 것은 이
탓이다. 지팡이가 한 번씩 고쳐 잡힐 때마다 한층 작아
지는 목소리와는 다르게 k의 팔 동작은 조금씩 더 과장
되어갔다. 그럼 다시 여성은 몸을 피하고 지팡이를 고쳐
잡았고, 더불어 웅얼거림이나 다름없어지는 늙은 남성
의 목소리를 알아듣기 위해 점차 인상이 찌푸려지기까
지 했으므로, 두 사람의 모습은 희극 속에서 우스꽝스럽
게 재현되는 연인처럼, 특별히 불화하지 않음에도 관객
들 모두가 그들의 관계가 이미 오래전에, 어쩌면 최초부
터 끝장나 있었음을 알 수 있는, 그런 손발이 맞지 않는
연인처럼 보였다. 따라서 "유대인?" 하고 다소 핵심과
무관한, 그것이 그들이 공유하고 있을 문화적 지대를 고
려했을 때 그럴 만한 배경을 짐작하기 힘듦에도, k로 하
여금 그에게 유대인 혐오가 있으리라 짐작하게끔 했던
여성의 되물음 역시, 그러나 실은 단순한 반응, 잘 들리
지도 않으면서 혼란스럽기까지 한 장광설 탓에 단번에

요지를 파악하지 못한 여성이 개중 그나마 익숙하면서도 구체적인 의미로 와닿는 단어를 반사적으로 되풀이한 것에 불과했다. 오히려 이 순간 여성에게서 불온한 태도를 감지하게 한 것은, 어쩌면 k 자신이 은연중에 품고 있던 혐오, 서구 문명의 책들이 날리는 먼지 속에서 호흡하던 과거가 남겼음에도 그것이 너무 오래된 나머지 종내는 애초부터 폐 속에 있던 무늬의 일종으로 기억된 상처라 표현해야 할, 그런 혐오였는지도 모른다. 하지만 만약 그렇더라도 이는 깨달음이란 대개 그렇듯 적잖은 시간이 흐른 뒤에야, k로서는 여생 동안 다시는 관통할 일 없을 암굴 건너편에서만 발견할 수 있는 진실이었다. 따라서 k는 뒤늦은 자책에 시달릴 염려도 없이, 마치 그런 사실을 잘 아는 사람처럼 거리낌 없이 여성을 속으로 경멸했다. 그러나 당연히 티 내지는 않았다. 이즈음 자신을 홀렸던 환각 같은 충동들로부터 완전히 헤어 나온 상태였으므로, 이제 스스로 발을 밀어 넣은 이 함정 속에선 어떤 사소한 행동도 감당할 수 없는 여파를 몰고 올 수 있음을 알았기 때문이다. 서서히 선잠의 혼란에서부터 빠져나온 사람처럼, k는 추한 과장들로 가득했던 방금의 자신을 도저히 납득할 수 없는 한편, 지금의 자신은 그런 불한당 내지는 광인이 아니라는 점을 상대방에게 설득하기 위해, 방금의 자신에 대해 납득할 수 있을 만한 변명을 늘어놓아야 하는 형편이었다. "아니, 아니요. 중요한 건 그게 아닙니다." k는 이렇게 말했다가 황급히 정정했다. "아니, 그러니까 제가 하려던 말은, 제가 했던 말의 의미가 그게 아니라는 얘깁니다." 여성은 짝다리를 짚듯 몸을 기울여 지팡이를 짚은 손 위에 반대쪽 손을 얹었다. 지루한 듯 보였다. 좀처럼 맥을 잡을 수 없는 늙은 남성의 화법 탓에 금세 지쳐 당장에라도 말을 끊고 자리로 돌아가고 싶으나, 또 그러기엔 무시하기 난처한 수상함에 차마 그러지 못하는 것 같았다. 이때 k가 여성에게서 발견하는 것은 모종의 공통점이다. 본질적으로 여성은 k 자신과 크게 다르지 않은 바람을 가진 것 같았다. 어서 이 우습지도 않은 해프닝을 끝내는 것. 그제야 k는 자신으로부터 보호하려는 듯 두 아이를 등지고 선 눈앞의 여성이, 처음을 제외하곤 단 한 번도 뒤를 돌아보지 않았음을 깨달았다. 이는 버스 계단을 올라왔을 때부터 이어진 태도인 듯했다. 여성은 마치 너무 오래 한 일에 종사한 나머지 제 일에 깊은 환멸을 느끼면서도 달리 도망칠 방도를 찾지 못하는 늙은 지휘자가 몸에 익힌 노하우와 패턴에 의존해 능숙하고도 게으르게 악단을 이끄는 와중에도, 그러나 제 두 눈은 공허한 빛으로 연주자와 자신 사이의 어떤 허공을 맴돌게 두듯 그렇게 시선을 비운 채 두 아이를 이끌었던 것이다. 자신을 경계하며 막아섰던 여성의 행동 역시 모종의 의지나 적의에 의한 것이라기보다는 너무 작아 빠지지 않는 반지 따위가 무언가에 스쳤을 때 느껴지는 통증과 같은 어떤 것, 혹은 과거에 비슷한 일을 겪었던 기억들이 그를 조종하여 시연한 공허한 패러디에 불과함을 짐작할 수 있었다. 어쩌면 여성은 처음부터 k 자신이 '정말로' 불온한 목적을 가진 괴한이길 바랐는지도 모른다고 생각했다. 갑작스럽게 나타난 정체불명의 늙은 남성이 은밀하고도 거스를 수 없는 마수를 뻗어 자신에게서 그 두 혹 덩어리를, 아무런 악의 없이, 그러나 악랄한 집요함으로 제 삶을 갉아먹고 있는 저 작은 재앙들을 어서 떼어내 가주길 은근히 기대하며, 과연 이 버스 창을 통해 들어온 완전히 기울기 직전의 햇볕처럼 희미한 색채를 가진 인간이 그 일을 해낼 수 있는 인재인가 유심히 관찰하고 떠보는 중이었는지 모른다고. 그러나 기사가 돌아올 때까지 맥없이 헛소리만을 늘어놓는 모습에 실망한 여성은 이제 어서 대화를 끝내고 버스가 목적지에 도착하기 전까지만이라도 의자에 앉아 두 아이를 핸드폰 세상에 방목한 채 쉴 수 있길 바라는지도 몰랐다. 그렇다면 간단한 일이었다. k는 자신이 본 그대로의 쓸모없는 놈팡이임을, 그런 거사를 치를 대범함 따위 오래전에 잃은 시시한 노인네임을 증명하면 되었다. 어서 자신의 변명을 마무리 짓고, 원래 그랬고, 또 앞으로도 그럴 것이듯이 두 아이와는 전혀 무관한 모습으로, 어쩌면 더 적극적으로 무관함을 연기하며 의자에 몸을 깊숙이 묻고 앉아 버스가 출발하길 기다리면 되는 것이었다. (그런데 이놈의 버스는 왜 아직도 출발을 하지 않는 것일까?) "네, 그러니까 부인, 제가 드리고 싶은 말씀은 단순한 것입니다." 이제 k가 해야 할 말은 정해져 있었다. 쉽고, 명료했다. "저 아이들이 누굴 좀 닮았다는 거죠. 그래서 제가 좀 흥분을 했어요. 말씀드렸다시피요, 네, 조금 길고 번잡스럽게 말씀드리긴 했지만요, 하여튼 많이 유명한 작가죠. 모르긴 몰라도 아마 이름 한 번은 들어보셨을 겁니다. 아주 유명한 작가니까요. 이름이 그러니까……" k는 이름을 발음하기 위해, 이 모든 대화를 끝맺기 위해 입술을 뗐다. 오랫동안 자신을 휘어

잡았던 이름, 젊을 적의 자신이 아직 그것이 무엇인지도 모른 채 기꺼이 생의 나머지를 쏟아붓게 했으나, 제 몫으로는 영원히 끝나지 않아 끝내 성립되지 않을 수수께끼만을 허무한 농담처럼 남겼을 뿐인 그 존엄하고도 증오스러운 이름을 증언하려는 순간이었고, 말을 뱉기 위한 사전 동작으로 숨을 들이켜는 순간엔 감정이 벅차오름도 느꼈다. 평생 타인의 이름들 속에 파묻혀 지내던 별다른 명망 없는 학자가 자신의 모든 연구를 마무리하고 은퇴한 뒤로도 한참이 지나 아주 평범하고 건조한 문장으로, 이를테면 '1944년 5월, 서울 북부의 한 쇠락한 병원에서 그는 태어났다.' 따위의 문장으로 자신의 자서전을 여는 순간 느낄 법한 물기 없는 회한, 그런 벅차오름이었다. 따라서 뒤이어 찾아온 매우 작은 불능에 k는 크게 당황할 수밖에 없었다. 문제는 간단했다. 입술이, 혀가 움직이지 않았던 것이다. 마치 언제 삼켰는지 모를 독이 그 순간 입안 가득 퍼져버린 듯, 사건의 진상에 너무 빨리 도달해 하릴없이 작가에게서 버려지고만 불운한 엑스트라처럼 k는 입술과 혀가 제 의지대로 움직이지 않음을 느꼈다. 물론 이윽고 들이닥친 격렬한 통증이 그의 몸을 그대로 고꾸라트리는 일 따위는 일어나지 않았다. k는 다만 그대로, 마치 석상처럼 굳었다. 메두사의 형언할 수 없는 얼굴을 마주한 불결한 영웅 같은 모습으로. 영겁 동안 잠들어 있던 신성한 씨앗의 발아처럼 석화石化는 입술과 혀에서부터 시작되어 순식간에 몸 전체를 휘감아왔다. k는 당황했다. 어쩌면 황당했는지도 모른다. 이름이 기억나지 않았기 때문이다. 처음에 그것은 평범한 망각, 마치 평소와 다를 것 없는 하루를 보내다 문득 어젯밤 꾸었던 꿈이 기억나지 않음을, 분명히 기억할 만한 무언가가 있었음에도 다만 그런 것이 있었다는 실감, 어렴풋한 뉘앙스나 다름없는 느낌만 남았을 뿐, 정작 꿈의 실체가 전혀 떠오르지 않음을 깨달았을 때 느끼는 그런 저린 답답함을 닮아 있었다. 그러나 k는 금세 자신의 목구멍을 틀어막는 것이 망각이 아님을, 그것은 도리어 한 번도 실제로 발음해본 적 없는 어떤 단어를 떠올렸을 때의 감각, 사무치는 그리움에 이끌려 한 단어에 대한 시를 써 내리던 시인이 마지막 문장을 적은 뒤 제목을 쓰기 위해 글의 맨 위로 돌아왔을 때, 거기 적어 넣을 단어가 존재하지 않음을 깨닫게 된 순간 느낄 당혹감에 가까움을 깨달았다. "할아버지?" 침묵을 비집고 들어온 목소리에 번뜩 정신을 차린

k는 간신히 흐려진 시야를 또렷하게 붙들어 여성을 보았다. 여성은 인제 노골적으로 귀찮음을 드러낸 표정이었다. 어느새 한 손에 꺼내 든 핸드폰과 k의 얼굴을 빠르게 오가는 시선은 무심결의 행동이라기보단 주장이나 항의처럼 느껴졌다. "아…… 어……" "아, 됐고," 여성은 k의 더듬거림을 재빨리 차단했다. "어쨌든 알았어요. 뭐 그런 작가가 있나 보죠." k는 여성의 목소리가 선명한 불신을 드러내고 있음을, 또 그러나 그런 사사로운 불신을 물고 늘어져 더 대화를 길게 지속할 생각이 없음을 알아차렸다. 여성은 이 지진부진한 상황을, 영원히 알아들을 수 없을 것 같은 k의 목적이나 변명과는 상관없이 이즈음에서 마무리 짓겠다는 듯 마치 법봉을 휘두르는 옛 재판장처럼 지팡이로 두 번 바닥을 내리쩍었다. "아니, 아니 잠시만요, 부인!" 이때 다급하게 소리치는 k는 뒤늦은 반성이 그를 걷잡을 수 없이 사로잡아 자신에게 유리하게 내려진 판결을 뒤집기 위해 충동적으로 입을 여는 피고인처럼 보인다. 이제 자신에게 부과된 형벌이 영영 자신의 죄를 씻어내지 못함을, 자신이 영영 해갈되지 않은 반성 속에서 부질없는 자기혐오를 지속해야 함을 아직 깨닫지 못한 우둔한 피고인처럼. 따라서

재판장, 여성의 반응은 냉소적이고 다소 짜증스러웠다. "뭐? 또 뭐!" k는 어떻게 하면 자신은 절대로 그 이름을 완전히 잊어버릴 수 없는 사람이고, 그러므로 지금의 이상 상태는 자신이 처한 당혹스러운 오해 상황 탓에 잠시 일어난 예외에 불과함을, 하물며 있지도 않은 작가의 정체성에 대해 주절거리는, 상황을 더욱 악화시킬 뿐인 멍청한 짓거리를 자신이 할 리 없음을 설명할 수 있을지 서둘러 고민했다. 하지만 이미 완전히 냉정함을 잃은 탓에 생각은 생뚱맞은 연상으로 튀고 금세 단절되고 어지럽게 섞일 뿐이었다. 반쯤 몸을 돌리고 선 여성은 경멸과 짜증에 찬 얼굴로 그의 얼굴을 내려다보고 있었다. "그러니까…… 그 유대계 독일인 소설가는……" 어떤 희망도 없이 다만 순간을 지연시키고자 공허하게 뱉은 말을 반복하는 k의 입을 막은 것은 어깨에 내려앉은 단단한 손바닥이었다. "무슨 문제라도 있으신가요?" 손바닥의 주인은 앞머리를 이마 선처럼 바짝 올려 자른 젊은 남성이었다. k는 젊은 남성의 옷을 보고 그가 버스 기사임을 기억해낼 수 있었다. "아니, 아니, 대단한 일은 아닙니다만," k는 반사적으로 대답했지만, 기사는 이를 끝까지 듣지 않았다. "손님." k는 기사

가 광대탈처럼 견고한 웃음을 띤 얼굴로 자신을 내려다
보고 있음을 알아차렸다. "다른 손님께서 많이 불편하
신 것 같습니다." 단호하고 친밀한 목소리였다. k는 잠
시 어찌할 줄 모른 채 그를 다만 올려보다가 이내 한 가
지 사실을 깨달았다. "아……." 이때 열린 입술 사이로
흘러나오는 k의 목소리는 이전까지의 허공을 더듬는 듯
하던 목소리와는 완전히 다르다. 그것은 종일 창고를 뒤
지며 부모가 말한 도구를 찾던 아이가 창고 밖에서 자
신을 지켜보던 사이 나쁜 형제자매에게 이미 한참 전에
도구가 필요 없어졌는데도 미련하게 허송세월한다 비
아냥거림을 들었을 때의 망연자실함을 품고 있었다. 이
제 자신은 버스에서 내려야 했다. k는 그것을 깨달았다.
"전…… 저는……" k는 실의에 빠진 목소리로 중얼거렸
고, 이내 이렇게 말했다. "정말로 악의가 있었던 것은 아
닙니다." 그 말을 끝으로 k는 버스에서 내렸다. 버스는
마치 언제든지 마음을 바꾼다면 그가 거기 다시 올라도
상관없다는 듯 k가 내리고도 잠시간 문을 열어둔 채 정
차해 있다가 앞쪽 사거리의 신호가 두 번째 녹색불로
바뀌었을 때 정류장을 떠났다. 가만히 서서 금세 도로의
다른 차들, 자신이 버스 창을 통해 내다보았던 그 무리

에 숨어들어 지워지는 버스 뒤를 한동안 눈으로 좇던 k
는 버스가 완전히 숨어들기 직전 몸을 돌려 정류장을
나섰다. 뒤늦은 분노와 자책, 그리고 아직도 작가의 이
름은커녕 썼던 작품의 제목까지 떠올릴 수 없어 한쪽이
빈 공동처럼 형언할 수 없는 색채로 지워진 것 같은 자
신의 기억에 대해 답답하고 혼란스러운 감정이 몰아닥
친 것은 버스를 타고 온 방향의 반대로 걷다가 우연히
발견한 익숙한 분위기의 골목으로 걸음을 틀었을 때였
다. 어둠이 한발 앞서 부드럽고 서늘한 수염을 내린 작
은 골목이었다. "도대체 왜!" k는 이전까지 한 번도 겉으
로 드러낸 적 없는, 정열적이고도 우스꽝스러워 다소 연
극적인 느낌을 주는 충동에 휩싸여 소리쳤다. 도무지 납
득할 수 없는 일이었다. 일평생을 바쳐 연구해온 작가의
이름이었다. 언제나 그에게 견디기 힘든 부끄러움을 불
러일으키는 기억이지만, 아직 제 이름이 역사 속에 기재
될 수 있다고 생각했던 시절 k는 자신의 탄생과 그 작가
의 죽음이 시간의 경계를 알리바이처럼 내세운 채 은밀
한 연관을 맺고 있다고 남몰래 믿은 적도 있었다. k는 짜
증스러운 몸짓으로 외투 안주머니에서 핸드폰을 꺼내
메신저 애플리케이션 기록을 살펴보았다. 그러나 거의

모든 기록을 뒤진 결과 알게 된 것은 모든 대화가 놀라
울 정도로, 마치 그들이 대화를 하는 사이 아득히 높은
이, 그 어떤 거룩하고 심술궂은 놈팡이의 의지가 그들을
조종하기라도 한 듯, 예의 작가에 대한 언급을 피하며
이뤄지고 있다는 사실이었다. 홧김에 당장 개중 아무에
게나 연락을 해 대뜸 이름을 캐묻고 싶은 마음이 들었
지만, 질문을 들은 그들이 동정과 조소가 구분될 수 없
게 섞인 심정으로 떠올릴 비참한 가정을 생각하니 도무
지 그럴 수 없었다. 하릴없이 메신저 애플리케이션을 닫
은 k는 포털사이트에 들어가 닥치는 대로 떠오르는 독
일 작가와 유대계 작가를 검색하고, 또 온라인 서점에
들어가 마찬가지로 연관성이 있어 보이는 책이나 작가
를 검색해보았지만 역시 원하는 결과는 얻을 수 없었다.
분명히 그것과 나란히 놓여 있어야 마땅한 이름들은, 돌
이킬 수 없을 정도로 긴 상처를 입은 드레스를 깁기 위
해 언제나 옷 전체를 다시 디자인하는 노련한 재봉사의
손에 맡겨졌던 것처럼, 조금의 위화감도 없이 깔끔하게
수선된 모양으로 목록을 이루고 있어 k는 자신의 기억
이 어처구니없는 착각이 아니었나 의심될 정도였다. 몇
년 전인가 우연히 친분이 생겨 몇 번 작업을 도와주기

도 했던 한 번역가의 이름을 검색해 조롱하기라도 하듯 예의 이름만이 깨끗하게 지워진 목록을 마주했을 땐 차라리 두려워졌다. 퇴임하기 전까지만 해도 꾸준히 발표해왔던 논문들이 아직 아카이브 서버에 남아 있을 것이란 생각이 이즈음 들었음에도 곧바로 서버에 접속할 수 없었던 것은 이 두려움에 따라붙은 껄끄러움 탓이었다. '만약 거기에도 없다면?' 자신의 인생이, 타인의 인정을 바란 적은 없으나 그것이 절대 손쉬운 시간이 아니었음을 다른 누구보다 투명하게 증언할 수 있는 자신의 반세기가 뿌리째 뽑혀 나가 부정당할 수조차 없는 심연으로 빨려 들어갈지 모른다는 가능성에 k는 경험해본 적 없는 아득한 불안을 느꼈다. '하지만 그것이 가능한 일인가? 가당키나 한 일인가?' 냉정함을 되찾으려 노력했지만, 금에 홀려 원칙도 계획도 없이 아무렇게나 광맥을 파헤치는 침략자들처럼, 환자의 환부를 뜯어 먹으며 자라나는 한 떼의 구더기처럼 심장을 갉아오는 불안감에 머릿속은 좀처럼 진정되지 않았다. 진정하기 위해 생각을 거듭하면 할수록, 산발적으로 뻗어 나가는 생각들을 주워 담아 차분히 하나의 그럴듯한 논리 구조를 구축하면 할수록, 그를 휘어잡은 가정, 그 부조리한 농담 같은 가능성은, 그것이 간절히 기억해내고자 하는 이름의 주인, 인제 마치 한 번도 존재한 적 없었던 것처럼까지 느껴지는 그 작가가 꿈꾸었던 망상들과 어떤 유사성을 띤다는 점에서 k를 더욱 혼란케 했기 때문이다. 몇 번의 부질없는 부정을 반복한 끝에 그는 솔직하게, 자신이 빠진 이 황당한 함정이 평생토록 연구해오던 그 공허한 미로의 작은 일부, 해봤자 허접한 형태의 변주에 불과할지 모른다는 사실을 인정해야 했다. 그렇다면 모든 것이 명쾌했다. 한 작가의 이름, 그것이 영원히 발설되지 않을 수 있는 가장 완벽한 장소는 그 작가의 작품 속일 게 분명했으니까. '하면 나의 연구는 아직 끝나지 않았군. 권태로운 최후를 위해 놈이 내게 마지막 선물을 숨겨뒀던 거지. 죽음 이전에는 결코 완성할 수 없는, 따라서 죽음조차 완수할 수 없는 최후의 연구 과제로군. 하지만 별로 아쉬워할 것도 없겠어. 어차피 이 과제를 받아줄 학계는 어디에도 없을 테니까.' 이때 이 같은 생각을 이어가는 k의 얼굴은 마치 생전 처음으로 강단 위에서 유쾌한 농담을 성공시킨 초짜 강연자처럼 뿌듯함과 득의양양함에 가득 차 보인다. 따라서 k가 자신이 무엇을 한다는 의식도 없이, 강연이 끝난 뒤엔 혹시라도 예의 농담을 까먹었을까, 말하자면 언젠가 다시 한번 그것을 써먹을 요량으로 그 미련한 강연자가 자신이 들고 있었던 강의 메모용 수첩의 빈 페이지를 펼치듯, 핸드폰의 메모장 애플리케이션을 켜는 것은 자연스러웠다. 물론 k가 메모하려는 것은 농담이 아니었고, 메모장 애플리케이션을 컨 이유도 안일한 믿음 때문이 아니었다. k는 다만 수많은 자료 속을 헤집고 다니며 연구를 지속해온 세월이 그에게 심어놓은 모종의 알고리즘에 따라 그 일을 실행했다. 그러므로 그가 컨 메모장 애플리케이션에는, k에겐 딱히 지나간 것들을 주기적으로 삭제하고 정리해두는 버릇도 없었으니, 아득한 시간 동안 그가 축적해온 온갖 종류의 짧고 긴 메모들이 별다른 구획 없이 늘어서 있어야 마땅했다. 그러나, 어쩌면 당연하게도, 마치 k가 예의 이름을 찾기 위해 가장 먼저 메모장 애플리케이션을 켜지 않았던 것이 자신도 모르게 감지하고 있던 기이한 진실을 회피하기 위한 최후의 방어기제였다는 듯, 거기 있는 것은 단 하나의 메모뿐이었다. 한 덩이의 문장들이 작은따옴표에 묶여 있었고, k는 그것이 다른 이의 텍스트를 인용할 때 평소 자신이 하던 버릇임을 잘 알았다. 메모의 내용은 이랬다. '나는 그들에게 프라하 출신의 한 유대인 작가가 1913년 9월 요양차 리바에 온 적이 있는데, 그 작가의 청소년기 외모가 바로 정확히—*정확히, 정확히* 하고 반복해서 말하는 내 목소리만이 공허하게 내 귀에 울려퍼졌다—지금 『시칠리아노』 신문 뒤편에서 의심 섞인 눈초리로 흘끔거리는 나를 건너다보는 저 두 아이와 놀라울 만큼 아주 흡사했다고, 사정을 설명했다. 하지만 부모들은 내 이야기를 세상에 태어나 처음 들어보는 황당한 정신병자의 헛소리로—이들의 표정과 몸짓에서 생각을 알 수 있었다—치부할 뿐이었다. 내 정신 상태에 대한 그들의 집요한 의심을 해소할 목적으로, 그들에게 휴가를 끝내고 시칠리아로 돌아가면 내가 있는 영국으로 아들들의 사진 한 장만, 주소나 이름을 적을 필요도 없이, 그냥 우편으로 보내주기만 하면 된다고, 내가 바라는 것은 그것뿐이라고 밝히자, 그들은 이제 나를 쾌락의 대상을 찾아 이탈리아를 여행하고 다니는 영국인 변태 소아성애증자라고 단정해버렸다.¹ 이 다소 장황하면서도 음흉한 진실을 가감 없이 드러내는 문장들을 읽고 k가 명확히 알 수 있는 사실은 이것은 자신이 기억하려 애쓰던 작가의 것이 아니라는 사실 정도가 전부였다. 메모에는 k가 인용한 문장 밑에는 필히 적어두는 출처도 적혀 있지 않았다. '마치 누군가 일부러 지워놓은 것처럼' k의 생각은 거기까지 뻗어 나온 뒤 잘려 나가듯 멈췄다. 그리고 공백 같은 찰나를 지나, 모종의 거대한 무력감이 k를 덮쳐오기 시작한다. 그것은 너무나 익숙한 것이므로, 실은 이제까지 자신을 휘감고 뒤흔들던 그 무수한 감정이 충동적인 외도에 불과했음을 깨우치게 하는 방식으로, 악몽이라고도 길몽이라고도 단정 짓기 어려운 휘황한 꿈에 시달리다가 갑작스러운 자명종 소리에 번뜩 눈을 뜨게 되듯이, 예의 꿈이 실감 나서라기보다는 오히려 지극히 비현실적이어서, 자신이 이제껏 겪어왔던 감정의 최대치로는 감당할 수 없을 만큼 압도적인 생기를 지닌 것인지라, 무언가 잃어버렸음을, 단 한 순간도 가져본 적 없는 것이 영영 유실되고 말았음을 깨닫게 하며, 마치 아침 무렵의 탐욕스러운 햇볕처럼 그의 온몸을 정복하려는 듯 쏟아졌다. k는 잠에 빼앗긴 신체를 아직 돌려받지 못한 사람처럼 무력하게 이를 맞았고, 이어 합당이 그래야 한다는 듯 고개를 들었다. 어둠의 가느다란 수염은 이미 골목 가장 깊숙한 틈새에까지 손을 뻗고 있다. 느닷없는 인기척에 추악하고 음탕한 사건의 현장을 이불 속에 급급히 감추는 불륜자들처럼 퍼드득 굴 밖으로 달아나버리는 두 마리 박쥐 따위, 그런 상상조차 감히 허하지 않는 어둠, 모든 존재에겐 어김없이 스며들어 있기 마련인 최소한의 빛깔조차, 누군가 깊은 밤을 떠올리다 보면 하릴없이 머릿속의 풍경 한쪽에 알리바이처럼 칠하곤 하는 희박한 푸른빛조차 깨끗이 제거된 그런 절대적인 어둠이었고, 따라서 k는 눈앞에 있는 것을 지칭 불가능함 그 자체를 지칭할 뿐인 암흑 물질 외에 무엇으로도 상정할 수 없었다. k는 깊은 한숨을 내쉬었다. 그리고는 핸드폰을 다시 외투 안주머니에, 혹은 누구나 그렇게 예상할 법한 허공의 좌표에 집어넣은 뒤 그것이 싫지도 그렇다고 딱히 좋지도 않으나 달리 무얼 선택할 수 있겠느냐는 태도로, 모종의 깨달음을 얻은 사람처럼 천천히 앞으로 걸어 들어갔다. 이때 k의 서서히 어둠 속으로 스며드는 뒷모습은 영원히 완수될 수 없는 죽음에로의 탐색을 명 받은 사냥꾼의 끝이 없는 터널과 같은 우울한 두 눈, 혹은 한 독일인 작가가 타국에서 만난 아이들의 얼굴 속에서 엉망으로 이어붙인 깨진 거울을 통해 타인의 얼굴을 발견하듯 도굴해낸 죽은 작가의 초상, 그 텅 빈 사각형에서 자신의 얼굴을 보았다 믿는 먼 이국의 또 다른 작가가 허공에 쓴 일기, 이를테면 탄생할 리 없는 아이들의 누구도 구태여 부정하지 않는 낭만적 전망, 한 번도 성을 본 적 없는 자가 그리는 성의 도면, 잠시간의 오인 속에만 존재했던 문장, 어긋난 시제, 시체 없이 피어오른 유령처럼 보인다. 정말 그런 것처럼. 이 한없이 미끄러지는 문장의 굴레 속 어디엔가 k가 잠시나마 실존했던 것처럼. 그러나 지나친 것은 (역시) 미래가 아니고, 당신의 두 눈은 이제, 그럼에도 여지없이 —그래 마치 커튼콜처럼! 마지막 순간에 들이닥쳐 모든 오해와 분노, 모든 죽음을 기어코 없었던 일로 만들고 마는 그 영광된 폭군처럼!— 언제나 거기 있었다고 판명되는 푸른 여명, 그 고요하고 외설스러운 늑골의 희박한 곡선을 따라 점차 어둠에 익숙해질 것이다. 마치 굶주린 하이에나처럼. 혹시라도 남은 살점이 없나 샅샅이 훑어가면서.

* 인용된 문장의 출처는 『현기증. 감정들』(W. G. 제발트, 배수아 옮김, 문학동네, 2018)이다. 나는 이 사실을 여기 k 대신 밝혀둔다.

삶은 모든 본질을 증발시킨다.

빛에 미쳐버린 해바라기*

종생토록 몸과 짐을 옮기며 살게 되는 자들이 있다. 나는 그런 자들을 몇 안다. 내가 아는 한, 임건식도 개중 하나다. 그날 나는 그가 몸—*아니 짐인가? 하여튼 그것 이 그것이다*—을 옮기는 걸 도와주러 갔다.

붉은 빌라의 삼 층 창으로 비스듬히 뻗은 사다리는 가로수의 옆구리를 받친 막대처럼 보였다. 파란 상자를 실은 바스켓이 나무의 수액을 배불리 빨아 먹은 벌레처럼 사다리를 기어 내려오고 있었다. 사다리를 사이에 두고 위아래에서 알아들을 수 없는 고성이 오갔다. 잠시 주춤거리고 선 동안 뒤쪽에서 트럭 하나가 경적을 울리

* 에우제니오 몬탈레, 「해바라기」, 『오징어 뼈』, 한형곤 옮김, 민음사, 2003.

며 내 옆을 지나쳐갔다. 트럭을 피해 몸을 틀자 건물들 사이로 들어온 햇볕이 곧장 얼굴로 쏟아졌고, 반사적으로 손바닥을 들었다. 역시 그만둘까? 바스켓에서 파란 상자를 내려 트럭으로 옮기던 남자와 눈이 마주친 건 그런 생각을 하며 괜히 고개를 이리저리 비틀어볼 때였다. 실은 마주쳤다 할 수도 없었다. 남자가 자세를 고쳐 잡기 위해 멈춰선 잠시 두 시선이 엉켰다. 거리가 멀어 이 사실도 남자가 다시 고개를 돌린 후에나 알아챘다. 그러나 어쩐지 재촉을 받은 기분이었다. 남자는 나에 대해, 내가 해야 하고 또 끝내 하겠지만, 끝끝내 하고 싶지 않은 그 일에 대해서 모두 꿰뚫고 있는 것처럼 보였다. 그래, 아직도 거기서 그러고 있냐, 하고 채근하는 것 같았다. 영 내키지 않았지만 나는 다시 걸음을 옮겼다. 알아들을 수 없는 고성이 여전히 이어졌다. 어떤 감정도 실리지 않은, 단지 클 뿐인 목소리들은 어떤 놀이를 하는 것처럼도 느껴졌다. 짐을 다 내린 바스켓이 다시 덜커덕거리며 사다리를 올랐다.

골목으로 들어서는데 발끝에 무언가 닿았다. 돌이었다. 정확히는 부서진 보도블록 조각이었다. 본래 지그재그 모양이었던 것 같은데, 끄트머리만 잘려 작은 화살표처럼 보였다. 골목 바닥은 콘크리트로 대충 때운 듯한 모습이었으므로, 아마 어디 멀리서 굴러온 듯싶었다. 나는 멀뚱히 멈춰 선 채 그것을 발끝으로 굴려보았다. 바닥이 고르지 않아 화살표는 가볍게 통통 튀듯 굴렀다. 뒤쪽을 밀면 옆으로 돌았고, 옆을 밟으면 몇 바퀴를 돌더니 생뚱맞은 방향을 가리키며 멈췄다.

"오라이!"

또 고성이었다. 딴짓을 하다 걸린 학생처럼 화들짝 놀라 뒤를 돌아보았다. 바스켓이 내려오고 있었다. 바스켓이 지나친 사다리 틈으로 햇볕이 눈을 찔렀고, 눈살이 찌푸려졌다. 나는 다시 앞으로 고개를 돌렸다. 보도블록 조각은 빌라 입구를 지나 저 멀리까지 달아나 있었다. 고성에 놀라는 바람에 나도 모르게 차버린 모양이었다. 그것이 있는 쪽으로 다가가려다 그만두었다. 모든 게 귀찮고 번거로웠다. 그러나 이제 와 돌아갈 수도 없는 노릇이었다. 주머니에서 휴대전화를 꺼냈다. '언제 도착하냐' 한참 전에 온 메시지였다.

빌라 내부는 가운데 계단참을 두고 한 층당 열여섯 칸짜리 층계가 지그재그 형태로 짜인 계단과 오른쪽으로 뻗은 짧은 복도가 붙은 구조였다. 독특한 건 일 층이었다. 정확히는 여덟 칸짜리 층계를 올라야 했으므로 반이 층이거나 일 층 반 정도로 불러야 할 그곳은 복도를 두지 않은 단일 호수로 이뤄져 있었다. 문부터 목가적인 풍경 속에 있을 법한 단독주택을 흉내 낸 모양이었다. 아마도 집주인이 살고 있으리라. 그러고 보니 이전에, 일 년도 전인 언제였던가, 이곳에 찾았을 때 이 호수 얘기를 들은 것도 같았다. 예외적인, 이 빌라에 사는 다른 사람들과는 다른, 어떤 사람이 산다는 얘기였다. 처음부터 그다지 주의 깊게 듣지 않았으므로, 어떤 예외였는지는 기억나지 않았다. 특별한 언급이 있었던 걸 보면, 오히려 집주인과는 상관없는 곳일까? 그런 생각을 하다 보니 나는 예의 휘황한 문 앞에 멈춰 서게 되었고 어쩐지 그 옆에 투박한 모양으로 달린 초인종을 누르고 싶어졌다. 문과 비교했을 때 도발적이라 할 수 있을 정도로 투박함이 어쩐지 문 뒤쪽에 숨어―숨었다고?― 있을 존재의 신비함을 부풀리는 것 같았다. 나는 손가락을 뻗어 초인종의 외곽을 조심스럽게 쓸어보았고,

역시 그만두었다. 번거롭거나 귀찮아서는 아니었다. 다만 그 일이 나와 맞지 않는 일처럼 여겨졌다. 그건 일종의 재간, 타인에게 활기를 부추기는 순수함의 일종 같

았다. 나는 시답잖은 연기를 그만두고 다시 계단을 올랐
다. 계단은 칸 하나하나의 높이에 비해 폭이 좁아 성큼
성큼 두 칸씩 발을 내디디고 싶게 했다. 하지만 나는 한
칸씩 올랐다. 걸음을 옮길 때마다 자연스럽게 한 칸을
뛰어넘으려는 발을 억지로 멈췄다. 발놀림이 어색하고
자꾸 뻣뻣해졌다. 누군가 내 모습을 유심히 지켜보았다
면 거동이 편치 않은 사람이라고 생각했을지 모른다. 알
수 없는 일이다. 일어나지 않은 일이기 때문이다. 당연
했다. 아무도 나 따위에 그만한 신경을 기울이지 않았
다. 그러므로 실은, 나는 역시 이것이 낫겠다는 생각으
로 두 칸씩 성큼성큼 계단을 올랐다, 그렇게 말한다고
해도 문제 될 건 없었다. 어쨌든 나는 곧 삼 층에 도착
했다.

　집은 복도 끝 방이었다. 와본 적이야 있었지만, 호수
는 전혀 기억나지 않았다. 다만 짧지도 길지도 않은 복
도를 끝까지 가로지르면 그곳이 나오는 것만 기억났다.
끝에는 어둠이 화장실의 빈약한 조명처럼 둥글게 자리
잡고 있었다. 나는 이 복도를 가로지를 때마다 저 끄트
머리, 어둠 속에 무언가 웅숭그린 채 숨어 있지 않은지
의심이 들곤 했다. 언뜻 두려움처럼 느껴졌다—아니,

역시 두려움은 아니었다, 그것은 나를 전혀 망설이게 하지 못했기 때문이고, 오히려 복도를 가로지를 때의 나는 호기심을 느낀 사람 같았다, 공포 영화의 멍청한 조연처럼, 그쪽으로 고개를 조금 내뺀 채, 무언가 눈에 띄기라도 하면 당장 누구세요, 하고 빤한 대사를 읊을 자세를 했는데—. 그러나 어둠은 그냥 어둠이었다.

문은 열려 있었다. 그러므로 나는 도둑처럼 몰래 침입했다. 침입은 성공적이었다. 폐허나 다름없는 집 안 꼴만 아니었다면 말이다. 폐허 앞에서 침입은 머쓱한 농담이나 다름없었다.

현관은 세간을 모두 들춰낸 주방과 한 몸처럼 연결되어 있었다. 문을 열고 들어서면 우선 입구를 삼 분의 일 정도 막고 선 신발장이 나오고, 그 반대편에 싱크대가 달려 있었다. 싱크 볼 안쪽엔 무엇에 쓰는지 알 수 없는, 꼭 문틀을 뜯어낸 것처럼 생긴 기다란 막대기가 꽂혀 있었는데, 멀리서 날아든 화살이라도 되는 양 공격적으로 꽂힌 모습이 눈에 띄어 한동안 유심히 바라보았음에도 역시 무엇에 쓰는 용도인지는 알 수 없었다. 본래라면 가스레인지가 놓였을, 또 아마 그랬던 것 같은 빈자리는 안쪽에 있었다. 광택이 죽은 알루미늄판은 한쪽

끝이 우그러져 인상을 찌푸린 얼굴처럼 보였다. 소화불
량에 시달리는 것 같은 얼굴이었다. 그것을 보고 있자니
어쩐지 위장이 불편해졌다; 아니, 역시 착각이었다. 그
리고

　늙은 남자는 그 알루미늄판의 우그러진 부분이 화살
표처럼 가리키는 방향, 주방 가운데에 앉아 있었다. 나
무 의자 위에, 냉장고든 세탁기든 무언가 있었을 휑한
벽 쪽으로 앉은 채 잠이 든 듯 고개를 깊이 숙인 모습이
었다. 그러나 정말 잠든 것 같진 않았다. 바깥 꼬리가 힘
없이 처진 눈이, 그러나 분명히 뜨여 있었기 때문이다.
초점이 없는, 언제 감겨도 이상하지 않을 듯 무기력하게
뜨인 눈은, 그래서인지 더 그가 전혀 잠들지 않았다고
주장하는 것 같았다. 늙은 남자의 두 팔이 양 무릎 가운
데로 가지런히 모여 사후경직을 하듯—*하지만 나는 사
체를 본 적이 없는데?*— 조금씩 꿈틀거렸다. 나는 그가
잠든 게 아니라면 죽은 것일지도 모른다고 생각했다. 재
해처럼 밀어닥치던 졸음을 물리치던 끝에 힘을 다해 영
영 잠들지 않는 모습으로 스러졌을지도 모른다고. 그러
나 나의 기대는 금방 깨졌다. 내 집요한 시선을 눈치챘
는지 늙은 남자가, 마치 천 년 만에 처음으로 몸을 움직

이는 석상처럼 우두둑 관절 비트는 소리를 내며 고개를 들었기 때문이다. 머리의 무게를 견디지 못해 금방이라도 목이 뚝 부러질 것처럼 아슬아슬하게 곧추선 고개는, 그러나 다시 한번 기대를 배신하며 내 쪽으로 돌아갔다.

　아.

　이때 늙은 남자의 입에서 나온 것은 소리가 아니었다. 그보단 소리가 되기 이전의 어떤 것, 혹은 소리가 되기에 실패한 어떤 것이었다. 오랫동안 목소리를 잃은 채 지내던 자가, 한순간도 자신의 불능을 잊지 않았음에도, 무심결에 내뱉고 만 목소리의 주검. 이어 늙은 남자의 벌어진 입술이 파르르, 아니 무언가 구체적인 목소리를 위해 꿈틀거렸다.

　"아드님 오셨어요?"

　하지만 들려온 것은 다른 목소리였다. 숨이 찬 듯 어조가 불규칙하면서도 낭랑하고 경쾌한 목소리. 늙은 남자, 아버지의 뒤편에 파란 상자를 들고 선 젊은 남자의 것이었다. 남자는 땀으로 번들거리는 얼굴로 아버지를 건너 내 쪽을 보고 있었다. 나는 반사적으로 고개를 들었다가 남자의 색감 없는 눈과 눈이 마주쳤다. 곧바로 시선을 내리깔았다. 마치 가벼운 눈인사를 하듯.

 "왔구나, 아들."

 뒤이은 아버지의 목소리는 끝이 조금 갈라졌지만 또 박또박했다. 아버지의 두 눈이 나를 똑바로 올려다보고 있었다. "아…… 네." 내가 대답하자 다시—*요컨대 나는 그것이 다시임을, 바로 얼마 전만 해도 그 폐허가 정상적으로 작동하고 있었음을 알았다는 얘긴데, 도무지 이런 뜻밖의, 수신지를 알 수 없는 깨달음과 문장 들은 어디서 자꾸만 배달되어 오는 것인지……*— 모든 것이 움직이기 시작했다. 남자는 곧바로 방 안으로 사라졌고, 아버지는 자리에서 일어났다. 내가 신발을 벗고 주방으로 들어서는 사이 마치 더러운 물건을 떨쳐내기라도 하듯 의자를 옆으로 밀었다. "이제 이것도 치워야지." 의자를 내려다보며, 짝다리를 짚고 팔짱을 낀 모습으로 중얼거리는 그는 무기력과는 거리가 먼 존재처럼 보였다. 더는 늙은 남자처럼 보이지 않았다……; 요컨대 아버지처럼 보였다. 의자 역시 그에게서 완전히 분리되어, 여태까지 한 번도 이용된 적 없는, 짐의 역할만을 수행하던 존재처럼 변해 있었다. 아버지는 의자를 가리키며 말했다.

 "먼저 이걸 좀 내려다 주면 좋겠구나."

　등받이가 완만한 곡선을 띤 나무 의자였다. 싸구려 천으로 된 방석은 군데군데 해지고 찢긴 자국이 많았다. 아버지가 앉은 자리가 아직 오목하게 파여 복원되지 않고 있었다. 어쩌면 이전부터, 아주 이전부터 있었던 자국이 꾸준히 복원되지 않은 채 굳었는지도 모른다. 패인 자국은 방금 만들어진 것이 아니라, 다른 어떤 순간에, 아마 지금보다 아버지의 엉덩이가 튼튼하고 우람했을 어떤 때에 생겨났을 수도 있다는 얘기다. 의자의 허름함을 감안할 때 충분히 가능한 일 같았다. 물론 나는 오늘 이전에 아버지가 이 의자에 앉은 모습을 본 기억이 없었다. 처음 보는 의자였다. 내가 오지 않았던 기간 동안 산 것일까? 그러나 역시, 그렇다기엔 지나치게 허름했다. 나는 한 손은 등받이를, 나머지 한 손은 방석 밑부분을 잡고 의자를 들어 올렸다. 푸석거리는 소리와 함께 의자가 미세하게 접혔다.

　"트럭에 실으면 되죠?"

　나는……; 요컨대 아들처럼 물었다. 하지만 아버지는 곧바로 대답하지 않았다. 여전히 짝다리를 짚고 팔짱을 낀 모습으로, 골몰히 생각에 잠긴 얼굴이었다. 생각지 못한 질문을 받았다기보다는, 내 질문에 이미 내려두었던 결정에 대해 다시 한번 고민하게 된 듯했다. 잠시 후 아버지는 결단을 내린 듯 섭섭함을 감추지 못하는 얼굴로 말했다.

"역시 버려야겠다."

이해할 수 없었으나, 굳이 말을 덧붙이진 않았다. 이해해볼 여지가 전혀 없는 것도 아니었다. 이를테면 의자는 이전에 방문했을 때에도 있었지만, 다만 내가 기억하지 못하는 것일 수도 있었다. 아니면 아버지가 어딘가 쓰레기장 같은 곳에서 충동적으로 그것을 주워 왔다가, 역시 쓰지 못하겠다고 생각을 고쳐먹었을 수도 있었다. 어쨌거나 신경 쓸 일은 아니었다. 나는 짐을 옮겨주러 온 사람이었다. 지정해주는 물건을 지정해주는 장소로 옮기는 것, 할 일은 그게 전부였다. 판단은 내 몫이 아니었다. 피곤한 일이었다. 번거롭고 귀찮았다. 역시 그만둘까? 아까의 남자가 방 안에서 창 곁으로 올라온 사다리차 바스켓에 파란 상자를 싣는 모습이 보인 건 그런 생각을 하며 고개를 들었을 때였다. 이때 나는 어떤 생각을 떠올렸는데…… 그만두자. 어쨌든 나는 그러지 않았다. 대신 의자를 든 채 밖으로 걸음을 돌렸다.

의자는 영 들기가 불편한 모양이었다. 무거운 건 아

니었으나, 낮게 들자니 다리 부분이 허벅지와 정강이에 부딪혔고, 높이 들자니 자세가 편치 않았다. 무언가 의자를 드는 데에 더 적합한, 더 전문적인 자세가 있을 것 같았는데, 떠오르지 않았다. 거기다 문제는 계단을 내려갈 때 더 커졌다. 의자 때문에 발을 제대로 들 수 없어 뒤뚱거리게 되고 난간이나 벽에 의자의 다리나 등받이가 부딪쳐 자꾸 이리저리 자세를 고쳐잡게 되었기 때문이다. 어찌어찌 계단참까지, 다음 층까지 내리고 난 뒤엔 정말 어디선가 의자를 드는 전문적인 자세를 본 적이 없었나 고민해보았다. 다른 무언가를 드는 전문적인 자세라 하면 전혀 떠오르지 않는 건 아니었다. 냉장고라거나 긴 소파 따위를 등에 짊어진 채 계단을 오르는 모습들은 쉽게 떠올랐다. 하지만 의자를 드는 자세만은 도무지 떠오르지 않았다. 그것은 아직 발명된 적 없는, 누구도 의욕적으로 달려들어 개발하지 않고, 그렇기에 누구나 조금씩은 불편을 겪게 마련이지만, 또 대단한 불편은 아니어서 참고 넘기는 정도로 무시하게 되는, 그런 가능성의 일종 같았다. 나는 결국, 잠시 고민인지 휴식인지 모를 상태로 시간을 흘려보내다가 다시 낮거나 높게, 의자를 앞으로 안아 들었다. 허벅지와 정강이가 부덮히거나 자세가 편치 않아 계속, 더 짧은 간격으로, 그러니까 나중에는 계단참이 아닐 때도 멈춰 섰다. 계단의 길이가 무한대로 늘어지는 것 같았다. 여덟 칸이었던 것은 열여섯 칸이 되고, 또 쉰두 칸이 되고…… 거짓말이다.

쓰레기를 버리는 공간은 빌라 주차장 입구 가장자리에 있었다. 셔터를 사이에 두고 안쪽엔 음식물 쓰레기통이 놓여 있고 바깥쪽엔 일반 쓰레기봉투들이 전봇대에 기대진 모양이었다. 음식물 쓰레기통 옆에는 젖은 상자가 두어 개가 나뒹굴고 있었다. 나는 처음에 발로 상자를 살짝 밀어낸 후 거기에 의자를 내려놓았다. 하지만 이내 고민이 생겼다. 의자를 여기에 버려두어도 되나 확신이 들지 않았다. 이런 종류의 쓰레기를 버릴 때면 폐기물 스티커를 붙여야 했다. 법이 그랬다. 나는 우선 위에 올라가 아버지한테 스티커가 있는지 물어보려다가, 다시 걸음을 멈췄다. 역시…… 의자를 여기에 둔 채로 자리를 비워도 되는가 고민이 되었기 때문이다. 나는 일단 다시 의자를 집어 들었다가, 다시 놓았다. 또다시 들어 몇 걸음 떼었다가, 금방 돌아와 내려놓았다. 주머니에서 핸드폰을 꺼냈다.

'언제 도착하냐.'

나는 핸드폰을 다시 주머니에 집어넣었다. 불쑥 불만이 솟았다. 말했다시피, 고민은 내 일이 아니었다. 확실히 그랬다. 누구도 내게 그런 번거로운 일을 시킬 권리가 없었다. 그게 누구든, 설령 아버지라 할지라도 내게 시킬 수 있는 일은 의자를 밑에다 버려다주라는 정도가 전부였고, 그것이라면, 나는 전혀 실천하지 않지는 않은 셈이다. 그러므로 이제 됐다는 마음으로 주저앉듯 의자에 앉았다. 의자는 마른 짚더미 같은 소리를 내며 뒤로 기울었다. 놓을 때는 눈치채지 못했는데, 의자는 바닥이 고르지 않아 균형이 조금 틀어져 있었다. 덕분에 나는 잠시 뒤로 넘어갈 것 같다는 느낌을 받았으나, 실제로 넘어가지는 않았다. 솔직히 말하자면 영 나쁘지 않았다. 오히려 편안했다. 그러니까 나는 이전까지 계속 불편했던 것이다. 이를테면 목 뒤편이라거나, 허리 따위에 이상한 긴장감이 딱딱하게 자리 잡고 있었다. 그런 셈이었다. 전혀 눈치채지 못하고 있었지만, 한 번 느끼고 나자 여간 거슬리는 게 아니었다. 짜증이 났다. 그래서 나는 곧바로 긴장을 풀어버렸다. 목 뒤편이라거나 허리에 힘을 뺐다는 얘기다. 그러자 몸은 금세 시체처럼 늘어졌고, 의자는 다시 한번 기울었다. 그러나 또 한 번 틀어진 균형은, 이번에야말로 완전히 무너질 듯, 끈질기게 풀어진 몸을 받아내 주고 있었다. 이때 내 몸은 잠시 정말 시체 같았다. 이대로 죽는다고 해도 이상하지 않을 것 같았다—정말이지 아무 불만도 없었다……—. 하지만 이내, 역시 어쩔 수 없이, 등을 간지럽히는, 벌레가 기어 내려가는 듯한 감각이 죽음에서 나를 깨웠다. 나는 저도 모르게 손을 등으로 뻗었다. 손끝에 닿은 건 끈적하고 미지근한 액체, 땀이었다. 그걸 깨닫는 순간, 의자가 뒤로 넘어갔다.

　부재중 전화를 확인한 건 흙먼지를 뒤집어쓴 몸으로 허리가 완전히 부러진 의자를 다시 세워보려 이리저리 끼워보다가 방법이 없음을 깨달은 뒤였다. 짜증이 났고, 발로 의자 다리를 힘없이 몇 번 찼는데, 이때 주머니에서 핸드폰이 떨어졌다. 핸드폰은 모서리를 바닥에 부딪히고 한 차례 튀었다가, 이내 셔터 밖으로 미끄러졌다. 어떤 생각이 떠오르기도 전에, 내 몸과 손이 먼저 튕겨 나가 핸드폰의 뒤꽁무니를 쫓았다. 핸드폰은 셔터를 얼마 벗어나지 않아 멈췄다. 바닥에 부딪힐 때 켜진 것인지 불이 들어온 화면에는 익숙한 메시지와 함께 부재중 전화 표시가 찍혀 있었다. 아버지는 아니었다.

"잘 도착했니?"

지친 목소리였다. 아니, 어쩌면 막 잠에서 깬 목소리였는지도 모른다. 주변은 고요했다.

"밑이에요."

나는 애매하게 대답했다. 반항심이었다—쓸데없고 *피곤한*—. 목소리는 할 말이 더 있지 않냐는 듯 곧바로 대꾸하지 않았다. 다 알고 있지만 기회를 주겠다는 듯 거드름을 피우는 태도였다. 그러나 나는 덧붙일 말이 없었다. 애매하나 내 대답은 진실했으므로. 말하자면 나는 고집을 피우는 중이었다. 우리는 상대가 먼저 존재를 드러내길 기다리는 세상의 마지막 두 군인처럼 깨질 기약 없는 침묵 속으로 숨어들었다. 이상한 평화로움 속에서, 아마 우리는 그대로 영원히, 말 없는 대치를 나눌 수도 있었으리라…… 그러나 경적이 울렸다. 웬 트럭이 낸 것이었다. 타이어를 가득 실은 트럭은 골목을 나오고 있었다. 나는 화들짝 놀라 고개를 돌렸다. 눈이 마주친 운전사는 사나운 얼굴을 하곤 신경질적으로, 화풀이로 발길질을 하는 듯한 태도로 몇 차례 더 경적을 울렸다. 나는 우왕좌왕하며 셔터 안으로 뒷걸음질 쳤다. 하지만 이미 지나갈 공간이 충분히 생겨난 뒤에도, 경적은 멈추지 않았다. 부서진 의자에 발이 걸린 건 그 때문이었다. 나는 다시 고꾸라질 뻔했다. 간신히 중심을 되찾았을 땐 트럭은 이미 골목을 유유히 빠져나간 뒤였다. 뒤늦게 화가 치솟았다. "씨팔 새끼." 나는 중얼거렸다. 아니, 실은 정말 중얼거렸는지는 모르겠다. 아무튼 그런 모양으로 입을 움직이긴 했지만.

"그래, 하여튼 너무 고생하진 말아라."

목소리가 다시 들려왔을 즈음엔 통화를 하고 있었다는 사실조차 까맣게 잊고 있었다. 목소리는 허공에서 갑자기 들려왔고, 나는 핸드폰을 던질 뻔했다. 물론 정말 던지진 않았다. 저도 모르게 허공에 팔을 크게 휘저었지만, 손아귀가 그것을 단단히 쥐고 있었기 때문이다. 이때 손아귀는 의지를 가진 생물 같았다─*아니, 실은 그것에는 아무 생명도 없었다, 지금 이 서술이 오로지 나의 의지, 그러니까 아주 이상한 의지이듯*─. 핸드폰에서는 목소리가 들리지 않는 말을 웅얼거리고 있었다.

"……겠지? 하여튼 그 사람한테, 네가 열심일 필요는 없어. 그런 의무는 없지."

목소리는 내게 무언가 확인받고 싶은 것 같았다. 아

니, 어쩌면 그냥 조금 짜증이 났는지도 모른다.

"아…… 네."

통화는 거기서 끝났다. 목소리는 기미 없이 전화를 끊었다. 나는 그 사실을 뒤늦게 알았다. 한참 전화가 끊긴 핸드폰을 붙들고 이해할 수 없는 긴장감에 사로잡혀 침묵을 견디다가, 이내 찜찜한 느낌에 핸드폰 화면을 들여다보니 전화가 꺼져 있었다. 화면에는 다시 예의 메시지가 떠 있었다. 나는 발밑에 깔린, 고꾸라지려는 몸의 중심을 잡기 위해 발을 놀리는 과정에서 완전히 작살이 나버린 의자의 잔해를 내려다보았다. 젖은 상자들과 뒤엉켜 원래 형태를 짐작하기도 어려울 정도였다. 그것들은 원래부터 한 몸이었던 것처럼, 그렇게 쓸모없는 형태로 디자인된 무엇처럼 보였다. 이런 것을 버리기 위해서도 폐기물 스티커가 필요할까? 그것까진 아는 바가 없었다. 아무려나 상관없었다—애당초 *그따위 문제가 중요할 리 없지 않은가?*

다시 삼 층에 올라가자 복도 끝방에서 사람들이 나오고 있었다. 두 사람이었다. 먼저 나와 문을 잡아주는 쪽은 키가 훤칠했고, 뒤이어 신발을 찍찍 끌며 나오는 쪽은 땅딸막했다. 땅딸막한 쪽은 한 손에 큰 비닐봉지를

들고 있었다. 그 탓에 신발을 제대로 신지 못했는지, 문
을 나오고도 몇 번 발끝을 바닥에 툭툭 치며 신발을 고
쳐 신었다. 이를 지켜보던 훤칠한 쪽이 손을 내밀었지만
땅딸막한 쪽은 손사래를 쳤다. 경계하는 자세로 비닐봉
지를 쥔 손은 슬쩍 몸 뒤로 숨긴 채였다. 훤칠한 쪽이 여
러 차례 손을 내밀었음에도 땅딸막한 쪽은 단호했다. 그
사이사이, 복도를 타고 그들의 작은 대화 소리가 뭉개져
들려왔지만, 내용은 알아들을 수 없었다. 툭툭, 툭, 툭,
하고 땅딸막한 쪽이 발끝으로 바닥을 치는 소리만 지루
하고 선명하게 울렸다. 이내 훤칠한 쪽이 포기한 듯 몸
을 돌렸다.

　"아, 아드님!" 젊은 남자는 반가운 목소리로 말했다.
복도의 울림을, 뭉개짐을 사정없이 찢고 나온 듯 선명하
고 쩌렁쩌렁한 목소리였다. "의자 내리셨다면서요! 괜
히 힘만 빼셨네. 그냥 사다리로 내렸으면 됐을 텐데. (남
자가 말하는 동안, 그 뒤쪽에서 아버지가 표정을 알 수 없는
그늘진 얼굴로 나를 건너보고 있었다.) 죄송해요, 제가 먼
저 아버님한테 말씀드렸어야 했는데. 많이 힘드셨죠?"

　남자는 친구라도 되는 듯 밝은 목소리로 말을 걸어오
며 복도를 가로질러 왔다. 복도가 좁아 아버지는 그 뒤

로, 정확히 뒤는 아니고 대각선에 가깝게 따라오는 모양
이었다. 꼭 덜떨어진 졸개나 짐꾼처럼 보였다. 특히 몇
걸음 떼다 말고 발을 이리저리 틀어보더니 다시 툭툭
신발코를 바닥에 쳐댈 때면 더 그래 보였다. 신발이 영
불편한 모양이었다. 어쩌면 비닐봉지 때문에 제대로 신
지 못한 것이 아니라 신발이 발보다 큰 것인지도 몰랐
다. 나는 늙어갈수록 사람의 몸이 점차 쪼그라든다는 사
실을 알았다. 그렇다면 발도 쪼그라들까?

"어서 가자."

아버지는 나를 올려다보며 말했다. 남자는 벌써 밑
계단참을 돌아 다음 층으로 내려가고 있었다. 재빠르고
도 군더더기 없는 움직임이었다. 나는 아버지의 왼손에
들린 봉지를 내려다보았다. 용도를 알 수 없는 잡동사니
사이 싱크 볼에서 본 막대기가 U자 모양으로 구부러진
채 꽂혀 있는 게 보였다. 버릴 거예요? 내가 그렇게 묻는
다면 아버지는 내게 그것을 넘길 것이었다. 그것을 버릴
계획이었든 아니었든 그럴 게 분명했다—*나는 왜인지,
그런 것들을 잘 알았다*—. 어쩌면 아버지는 처음부터
그것을 내게 떠넘기기 위해 따로 챙겨두었는지도 모른
다. 그렇다면 그것을 몰래 챙겨 내 집으로 챙겨갈 수도

있으리라. 나는 내 방 안에 숨어—*숨는다고?*— 도무지 용도와 의미를 알 수 없는, 또 끝내 알 수 없을 그 흰 막대기의 쓸모를 연구하는 상상을 했다. 어떤 성과도 얻어 낼 수 없을 무용한 고민 끝에 막대기는 옷장 안에 망상을 불러일으키는 기괴한 정물처럼, 혹은 헛된 망상의 부산물처럼 걸리거나 다시 종량제 쓰레기 봉지에 담겨 버려질 수도 있었다. 어쩌면, 어쩌면 시간이 지나 나는 흰 막대기에 대한 한 편의 이야기를 쓰게 될 수도 있었으리라……. 그러나 그러지 않았다. 대신 나는 계단을 내려갔다.

사다리차는 자리를 뜬 뒤였다. 이사할 곳엔 사다리차를 댈 곳이 없다고 했다. 우리는 남자의 트럭을 타고 이동했다. 나는 가운데 좌석에 앉았다. 아버지는 내게 먼저 타라고 한 뒤 조금 이따가 왔는데, 이때 아버지의 왼손에는 종량제 쓰레기 봉지 대신 이온 음료 세 개가 담긴 검정 비닐봉지가 들려 있었다. 트럭은 곧 출발했다. 이사할 집은 그리 멀지 않다 했다. 지하철 한 정거장 정도 거리라 했다. 지하철 한 정거장 거리가 정말 멀지 않은지 가늠되지 않았다. 정거장의 거리에 따라 다를 것이었다. 하지만 그런 말을 덧붙이기 위해 굳이 입을 열진 않았다. 트럭 가운데 좌석에서, 나는 짐처럼 조용했다. 떠드는 건 아버지였다. 조수석에 앉은 아버지는 마치 잠시 다른 존재가, 이를테면 차량 라디오가 된 것 같았다.

"그랬더니 그놈이 글쎄, 지금 멀리 출장 나와 있어서, 예? 전화가 안 터진다는 거지 이 말이에요."

집주인 이야기였다. 이사를 나온 예의 붉은 빌라의 주인. 아버지는 그와 서너 달 전부터 보증금을 돌려받는 문제로 다투었다고 했다. 처음에 집주인은 보증금을 돌려줄 수 없다고 우기다가, 이내 반만 준다고 했고, 나중에는 조금씩 떼어주는 식으로 여러 차례에 걸쳐 돌려주겠다고 한 모양이었다. 아버지는 집주인의 황당한 계산법에 몇 번이고 따지고 들었지만, 나중에 가서 집주인은 아예 연락을 피하기 시작했다고 했다. 이후 집주인은 오백만 원을 보냈고, 일주일 뒤에 이백만 원을 더 보냈다고 했는데, 그래서 결과적으로 모든 보증금을 돌려받았는지 아닌지는 알 수 없었다. 아버지는 어느 순간부터 받지 못한, 혹은 뒤늦게 받아낸 보증금보다는 집주인에 대해, 혹은 나태한 법 집행에 대해 투덜거리기로 마음먹은 듯 보였다. 중간중간 동의를 구하듯 나를 힐끔거리는 아버지의 시선을 느꼈으나, 나는 대답하지 않았다. 대답하는 건 남자 쪽이었다. "아, 예, 정말요?" 남자는 전방을 주시한 채로, 대체로 한 박자 늦거나 빠른 타이밍에, 그렇게 대답했다. 때로 남자의 대답은 너무 늦거나 빨라서 아버지의 말을 가로막기까지 했다. 아버지는 크게 개의치 않는 듯했다. 오히려 남자가 제 말을 끊으면, "아니, 그게 아니라," 하며 자연스럽게—도대체 무슨 자격으로 이런 덧붙임을 할 수 있는지는 모르겠지만— 하던 것과 다른 얘기를 꺼냈다. 말하자면 집주인의 얘기도 그런 식으로 등장했다가, 또 그런 식으로 퇴장했다. 그건 절대로 성사될 리 없는, 오로지 성사되지 않기만을 위해 한없이 지루하게 이어지는 이상한 협잡 같았다.

"다 왔네요."

트럭은 지대가 높은 주택 골목에서 멈췄다. 길이 좁아 트럭 한 대만으로도 가득 차 보였다. 가운데다가 세웠는데도 트럭 문을 여닫기 불편한 정도였다. 따로 주차할 공간이 있는 것도 아니었다. 그새 꽤 친해진 것처럼 보이는 남자와 아버지는 트럭에서 내려 길 이곳저곳을 살펴보며 트럭을 어디에 대놓을지 같이 궁리하다가, 이내 다른 차가 지나가기 전에 빨리 일을 끝내는 쪽으로 결론지었다. 짐이 많지 않아—사실 나는 그제야 트럭에

실린 짐들을 제대로 볼 수 있었는데, 정말 많지 않았다, 마치 트럭을 타고 오는 사이 어디선가 짐 몇 개를 꺼내다 버린 것처럼— 당장에 차가 오는 것만 아니라면 시간은 충분하리라는 계산이었다. 나는 멀찍이 떨어져 서서 그들의 대화를 지켜보았다. 그러다 문득 오른 손목이 뻐근해 들어보니 검정 비닐봉지가 걸려 있었다. 아버지가 사 온 세 이온 음료가 담긴 봉지였는데, 지금은 하나뿐이었다. 언제 건네받았는지는 기억나지 않았다. 나는 음료를 꺼내 마셨다. 미지근하고 입안에 끈적거리는 뒷맛이 남았다.

"그래, 그 말이 맞아. 좋은 생각이야."

남자의 설명을 들은 아버지는 만족스러운 듯……; 요컨대 아버지처럼 고개를 주억였다. 나는 조용히……; 요컨대 순종적인 아들처럼 그것을 지켜보며 음료를 마셨다.

아버지가 내게 놓고 온 물건 얘기를 꺼낸 건 짐을 서너 개 옮겼을 즈음이다. 나는 종량제 쓰레기 봉지가 쌓인 전신주 옆에, 그러니까 여전히, 가만히 서서 남은 음료를 마시고 있었다. 이때 아버지는 빌라 입구에서 나와 잠시 주위를 두리번거리더니 내가 거기 있었음을 몰랐다는 듯 놀란 얼굴로 나를 보았다. 그것이 나를 찾다가 의외의 곳에서 발견했기 때문인지 아니면 다른 무언가를 몰래 찾다가 우연히 나와 눈이 마주쳐 일부러 호들갑스러운 반응을 보인 것인지 알 수 없었다. 어쨌든 아버지는 곧장 내가 있는 쪽으로 다가와 이전 집에 놓고 온 물건에 대해 얘기했다. 말하자면 그것을 가지고 와달라는 것이었다.

"제가요?"

"그래, 차를 타고 오느라 조금 돌긴 했지만, 그리 멀지 않아."

어차피 너는 여기 있어 봐야 도움도 되지 않잖니? 그런 뒷말이 생략된 듯 아버지는 말끝을 흐렸다. 내키지 않았으나 달리 거절할 핑계가 없었다. 그 일은 어쨌든 내가 해주기로 한 영역의 일부였고, 실제로 나는 이 장소에서 쓸모가 없었다.

"뭔데요, 놓고 온 게?"

"모자야, 모자. 그리고 모자를 걸어놓은 옷걸이도 하나."

내가 알겠다고 하자 아버지는 이전 집까지 가는 길을 설명해주었다. 죽 내려가다가 어느 가게를 끼고 왼쪽으

로, 또 어느 건물을 끼고 오른쪽으로 돌라는 식이었는
데, 도무지 알아들을 수가 없었다. 나는 대충 알겠다 한
뒤 핸드폰 지도를 켰다. 검색 목록에서 이전 집 주소를
찾아 검색했다.

지도에 따르면, 이전 집으로 가기 위해선 먼저 주택
단지를 빠져나가야 했다. 주택단지 옆으로는 이전 집이
있는 쪽으로 향하는 대로변이 길고 넓은 강물처럼 펼쳐
졌다. 이곳, 이 강물에 오르기만 하면 물살을 탄 배처럼
어려움 없이 이전 집으로 갈 수 있을 것이었다. 그러므
로 문제는 주택단지였다. 지도에 따르면, 이 주택단지는
작은 미로에 가까웠다. 얼핏 봐도 두 갈래 세 갈래 네 갈
래로 나뉘는 갈림길이 자주, 또 예상치 못한 곳에서 나
타났다. 갈라진 길이 향하는 방향도 일관성이 없었다.
어떤 갈림길은 마치 누군가 일부러 파놓은 함정처럼 왔
던 길로 돌아가는 모양이었다. 거기다 축소한 지도에는
잡히지 않는 샛길도 많았다. 지도에서 본 갈림길이라 생
각하고 모퉁이를 돌았다가 생뚱맞은 길에서 들어가기
일쑤였다. 몇 번 같은 실수를 반복해 도저히 지도가 처
음 알려주었던 경로로 돌아갈 수 없었을 즈음부터는 길
이 갈라지는 지점마다 지도를 일일이 확대해보며 길을

확인했다. 간신히 골목의 미로를 벗어나, 원래 목적했던 곳보다 한참 뒤이기는 하나, 대로변에 닿았을 땐 영원을 통과한 기분이었다. 물론 햇볕은 아직도 아득한 높이에서 쏟아지고 있었다. 정오, 혹은 정오에서 기껏 해봐야 두어 시간 지난 시각일 것이었다—*아니면 세계가 낮의 지옥 속에 파묻혀버렸거나*—. 대로 건너편에서 한쪽 어깨에 비스듬히 막대기 같은 것을 한 다발 짊어진 남자를 발견한 건 유리 벽에 '임대' 종이를 붙인 작은 철물점 앞이었다. 문을 활짝 연 철물점 안에선 세 사람이 작은 평상에 둘러앉아 화투를 치고 있었다. 나는 어쩐지 저들이 철물점을 두고 내기를 하고 있을 거 같았다. 철물점 주인과 집주인, 그리고 우연히 물건을 사러 왔다가 끼게 된 손님 셋이서 곧 있으면 깨끗이 사라질 철물점의 운명을 두고 점괘를 보듯 각자의 패를 확인하는 모습을 상상했다. 남자를 발견한 건 그 후였다. 한참 홀린 듯 멈춰 서서 철물점 안에서 벌어지는 그 기만적인 놀이, 신성모독적인 신탁을 엿보는 중 갑작스럽게 뒤쪽에서 건널목의 신호등이 녹색불로 바뀌었다는 알림 소리가 들려왔기 때문이다. 고개를 돌리자 건너편에서 남자가 고행을 하는 사람처럼 천천히 건널목을 건너오고 있었다.

해바라기였다. 나는 건널목을 반 정도 건넜을 때 이를 알아차렸다. 꽃잎이 온통 말라비틀어진 한 무더기의 해바라기들이 남자의 오른 어깨 뒤쪽으로 고개가 꺾인 채 늘어져 있었다. 언제 뚝 머리가 떨어지더라도 이상하지 않아 보였다. 나는 그것들이 어디선가 회수되어 오는 것으로 생각했다. 화환처럼 잠시의 쓸모를 위해 배달되어 잠시 자리를 채우고 있다가 다시 본래의 자리로 되돌아가는 중일 것이라고—*나는 왜인지, 그런 생들을 몇 안다. 내가 아는 한⋯⋯.*

붉은 빌라까지는 그리 오래 걸리지 않았다. 그런데 이상하게 삼 층 복도 끝 방의 문이 열려 있었다. 아까 두 사람—*요컨대⋯⋯ 넘어가자*—이 나오면서 문을 닫는 것을 분명히 본 터였다. 또다시 두려움이, 아니 호기심이 내 고개를 앞으로 밀었다.

"누구시죠?"

낯선 목소리였다. 막 열린 문 안으로 고개를 들이밀던 차였다. 옅은 어둠이 깔린 집 안에서 나는 어떤 사람의 실루엣을 발견할 수 있었다. 이쪽을 보고 선 것 같기도 정반대 방향을 보고 선 것 같기도 한 그것은 사다리를 놓았던 가장 안쪽 방에서 창을 등지고 서서 역광을 입은 모습이었다. 목소리는 그쪽에서 들려왔다. 나는 침입을 들킨 도둑처럼 화들짝 놀라 발걸음을 멈췄다.

"누구시죠?"

목소리는 다시 물었다. 차분하고 고압적이었다. 질문이 아니라 요구를 하는 태도였다. 어쩌면 질문과 요구를 구분할 줄 모르는지도 몰랐다. 질문과 요구를 구분할 필요가 없는 삶, 그런 삶을 통과해온 자 특유의 평화로움이 투명하고 단단하게 자리 잡은 목소리였다. "오라이!" 또 어디선가, 누군가 이사를 하는 듯했다.

"k⋯⋯." 나는 웅얼거리듯, 조그맣게 대답했다. 아니 어쩌면 그저 벙끗거림이었는지도 모른다. 그, 실루엣은 고요히 서 있었다.

"네, 누구시라고요?"

"k⋯⋯ k입니다." 이번엔 목소리에 힘을 줬다. 하지만 그럼에도 소리는 집 안으로 그다지 또렷하게 전달되지 못한 것 같았다. 목소리는 오히려 내 뒤, 복도 쪽으로 낮게 울려 퍼졌다.

"아⋯⋯." 잠시 후 들려온 목소리에는 망설임이 느껴졌다. 무언가 생각하는 듯, 곤란하다는 듯한 투였다. "그래서 어쩐 일이신가요?"

역시 그만둘까? 이때 머릿속에 떠오른 것은 이전에도 떠올린 적 있는 어떤 장면이었다. 안쪽 방의 창 곁으로 막 올라온 바스켓에 파란 상자가 실려지는 모습을 보며 상상했던 것. 이 장면에서 나는, 다리 밑 강물로 뛰어내리는 오래된 소설의 주인공처럼, 안쪽 방으로 달려들어가 창밖으로 뛰어내리려 했다. 그러나 그러지 않았다—*상상 속에서도*—. 나는 투신하지 않았다. 내겐 빠질 강물도 없었다. 창밖에 있는 것은 한없는 낮이었다. 터진 머리에서 피와 뇌수가 솟구쳐 나와 환한 도로 위로 쏟아지는 장면을 떠올렸다. 나는 깨끗이 사라질 수도 없을 것이었다. 누군가 내 피와 뇌수를 닦아 하수구에 짜내 버릴 것이었다. 내 피와 뇌수는 하수에 섞여 영원히 지하를 맴돌 것이었다. 나는 죽을 수도 없으리라.

"짐이요. 짐을 찾으러 왔습니다. 놓고 간 게 있어서요."

내가 실토하듯 대답하자 "아!" 역광을 입은 실루엣이 살짝 움직였다. "이사 도와주시는 분이시구나. 네, 들어오세요."

이때 목소리는 친근하고 쾌활했다. 마치 내가 올 것을 누군가에게 미리 귀띔받은 듯이. 나는 잠시 망설였지만, 이내, 할 수 없다는 생각에, 여전히 조금 내키지 않는 기분으로 조심스럽게 안으로 들어섰다. 세간을 온통 들어낸 집 안은—요컨대 이전까지 반쯤 어둠에 잠겨 있던 그곳은 내가 들어서자마자 갑작스럽게, 마치 커튼을 열어젖힌 듯 밝아졌는데— 속을 아무렇게나 쏟아버린 화분처럼 보였다.

　"저건가요?" 내가 막 안쪽 방 문간을 넘어서려고 할 때였다. 실루엣은 한쪽 팔을 들어 올려 (이때 어째선지 나는 그가 내 어깨에 팔을 두르려 한다고 생각했고, 그래서 저도 모르게 몸을 움츠렸는데, 착각이었다) 열린 방문 뒤쪽을 가리켰다. 내 위치에선 아직 그쪽이 보이지 않았다. "저기, 저거요." 나는 방에 들어서자마자 몸을 돌려 그가 가리킨 쪽을 보았다.

　나무를 흉내 낸 모양의 검고 긴 옷걸이였다. 바닥은 크고 둥글었고 그 위로 뻗은 긴 원통형 막대에 가지처럼 짧은 팔들이 뻗어 나와 있었다. 팔마다 모자가 걸려 있었는데, 걸레짝처럼 늘어진 초록색 천 캡부터 통풍이 잘될 것처럼 보이는 운두 높은 중절모, 파란 헤어밴드—그러나 저것도 모자일까?—까지 다양했다. 언뜻 봐도 적지 않은 수였다.

"수집하는 거였을까요?"

어느새 목소리는 등 뒤로 가깝게 다가와 있었다. 내게 상의를 하겠다는 듯, 대화를 거는 태도였다. 그의 체온이, 여전히 몸과 몸이 닿지는 않았음에도, 가까이 다가옴을 느꼈다. 고개를 조금만 돌려도 근접한 그의 얼굴을 보게 될 것 같았다. 나는 황급히 앞으로 오른손을 뻗었다.

"어어," 태평스럽고, 조롱기 섞인 목소리였다. "그거 떨어지겠는데요?"

옷걸이를 집어 든 나는 곧바로 열린 문을 끼고 돌아 방을 빠져나갔다. 시선은 옷걸이에 고정한 채 뒤를 돌아보지 않으려 노력했다. 성급하고 거친 동작에 옷걸이에 걸린 모자들이 나뭇잎처럼 흔들거렸다. 목소리의 지적대로, 몇 개는 바닥에 떨어졌다. 하지만 개의치 않았다. 나는 곧바로 떨어진 모자들을 주워 왼쪽 겨드랑이에 끼웠다. 집을 나서기까지 총 다섯 개의 모자가 떨어졌고, 내 왼쪽 겨드랑이에 끼워졌다. 계단을 다 내려왔을 때 나는 오른손에 빈 검정 옷걸이를 들고 왼쪽 겨드랑이엔 모자 무더기를 끼운 모습이었다. 그대로 멈추지 않고 셔터 밖까지 걸어갔다. 음식물 쓰레기통에 분질러진 나무

토막 하나가 기대어 서 있었다. 다른 것은 보이지 않았다. "오라이!" 또 뒤쪽, 어디선가 익숙한 고성이 들려왔다. 나는 갑작스럽게 지명을 받은 학생처럼 고개를 들었지만, 어디를 보아야 할지 알 수 없었다.

돌아가는 일은 쉽지 않았다. 두 팔을 모두 차지한 옷걸이와 모자 더미도 문제였지만, 가장 중요한 건 돌아가야 할 집이 어디였는지 기억나지 않는다는 것이었다. 대로변은 별생각 없이 지나올 수 있었는데, 주택단지 입구에 서자 어느 방향으로 가야 할지 막막했다. 익숙함에 의지해 방향을 잡았지만, 금세 또 헤매게 되었다. 애당초 한 길로 곧장 내려오지 못하고 헤맸던 바람에, 이 길이고 저 길이고 모두 익숙했다. 결국 또다시 같은 길목에 세 번째 들어 왔음에 알아챘을 때, 나는 기어코 들고 있던 짐들을 모두 땅바닥에 내던져버렸다. 모든 게 귀찮고 번거로웠다. 모자들은 낙엽처럼 금세 굴러 흩어졌고, 옷걸이는 둥그런 바닥의 모서리 부분으로 떨어져 한 번 크게 튀었다가 다시 곤추섰다. 나는 신경질적으로 옷걸이를 찼다. 옷걸이는 그제야, 마치 견고했던 담벼락이 한 번에 넘어가듯 쓰러졌다. 이때 나는 잃어버렸던─만약 그랬다면, 내게 배정된 과거 더미 속에서 그런 기억을 발굴해낼 수 있었다면, 나의 이 딴죽으로 또다시 오리무중에 빠진, 바로 지금의 현재가 아니었다면의 얘기지만— 생기 같은 것을 되찾은 것 같았다. 그러나 금세 사라졌다. 순식간이었다. 왜인지도 알 수 없었다. 남은 것은 몸에 해로운 것을 삼킨 듯한 불쾌한 뒷맛뿐이었다. 나는 올 때와 반대 방향으로 걸었다.

　익숙한 빌라를 발견한 건 지하철역으로 가는 길을 찾기 위해 다시 한번 골목의 미로를 헤매는 중이었다. 이즈음 나는 반쯤 자포자기한 채 이전에 붉은 빌라 밑에서 보았던 것과 같은, 또 어디 멀리서 굴러온 듯싶은, 화살표 모양으로 부서진 보도블록 조각을 발로 이리저리 굴리고 있었다. 그러면서 동시에 그것이 가리키는, 어느 정도는 의도할 수 있으나 또 완전히 의도한 대로 움직여주지는 않는 방향을 따라 길을 가고 있었는데, 문득 이상한 느낌에 고개를 들고 보니 예의 빌라가 보였다. 트럭은 보이지 않았다. 나는 그제야 아직도 내 핸드폰 화면에 남아 있을 메시지를 기억해냈다. '언제 도착하냐' 주머니에서 핸드폰을 꺼내려는데 문득 왼쪽 손목에 무게감이 느껴졌다. 왼쪽 손목엔 어째선지, 여전히 음료가 담긴 검정 비닐봉지가, 자연히 떨어지지 못해 그대로

썩어 문드러진 열매처럼 걸려 있었다. 나는 핸드폰을 꺼내는 대신 빌라로 걸어갔다. 설명을 알아들을 수 있을지는 미지수였지만, 아무튼 지하철역으로 가는 길을 물어볼 셈이었다. 새로운 집은 이번에도 삼 층 복도 끝방이었다. 집 문 옆에 기대어 놓아둔 종량제 쓰레기 봉지를 보고 이를 알 수 있었다.

　문은 닫혀 있지 않았다. 나는 몇 번의 실패로 지레 겁을 집어먹은 도둑처럼 조심스럽게 문안으로 들어섰다. 우선 눈에 들어오는 것은 주방과 한 몸처럼 합쳐진 현관이었다. 신발장이 입구의 삼 분의 일 정도를 막아서고 있었고, 그 반대편에 짐들이 아무렇게나 쌓인 싱크대가 있었다. 싱크대 안쪽에 놓인 가스레인지는 아직 연결되지 않은 관을 밑으로 늘어뜨린 모습이었다. 냉장고와 세탁기는 그 옆에 나란히 세워져 있었다. 이 두 가전을 지나면 곧바로 안쪽 방으로 통하는 문이었다. 문은—*인제 당신도, 그래 얼마든지 예상할 수 있다시피*— 닫혀 있지 않았다.

　방 안은 어두웠다. 벽을 따라 쌓인 짐 더미가 방 안으로 햇볕이 침입해오는 것을 막은 탓이었다. 이 때문에 햇볕은 방 가운데에 작은 웅덩이 모양으로 간신히 고여 있었는데, 실루엣은 바로 그쪽으로 고개를 내밀고 있었다. 짐작하건대 짐 더미 어딘가에 뿌리를 내린 식물의 한 종류처럼 보였다. 방의 외곽에서 중심을 향해, 옆으로 심하게 기울어 자란 모습은 악착같이 햇볕을 쫓은 결과인 듯싶었다. 그러나 햇볕이 벗겨낸 실루엣의 일부는, 오랜 시간이, 이미 햇볕의 여부 따위와는 상관없는 방식으로, 그것에게 예정된 멸망을 배정했음을 알려주었고, 나는 그것을 뭐라 불러야 할지 알 수 없었다. 그래서 잠시 망설이다가, 끝내, 어쩔 수 없이, 없는 죄를 실토하는 아이처럼 말했다.

"아버지?"

그러자 다시, 그것이 서서히 고개를 들기 시작했다 ─ *나의 오랜 기대를 저버리고.*

지루하고 불가피하고 고압적이며 속을 헤아
릴 수 없는 인생. 이 진부한 인물이야말로 인생
의 진부함을 의미한다. 곁에서 볼 때 바스케스는
나에게 모든 것이다. 왜냐하면 나에게 인생은
모두 겉으로 보이는 것에 불과하기 때문이다.*

　　오래전 L사의 패스트푸드점에서 아르바이트를 할 때
였다. 정확히는 기억나지 않는데, L사에서 시범적으로
몇 매장에 무인 계산기를 보급한 뒤였다. 당시 나는 그
가 누군지도, 당연히 어떤 글을 쓰는지도 몰랐다. 217
번 손님, k는 내게 딱 그 정도였다. 그럼에도 처음 본 날
을 기억하는 것은 당시로서도 그리 평범치 않았던 그의
인상을 훗날 어떤 문학상 수상집에 실린 사진을 보며
기억해냈기 때문이다. 나중에 안 사실이지만, 실제로 당
시 k는 인지도와 거리가 멀었다. 신춘문예로 등단한 초
기 별다른 주목을 받지 못했고, 이후에 근근이 지면에
발표한 글들도 마찬가지였다. k가 갑작스레 조명받기

* 페르난두 페소아, 『불안의 책』, 오진영 옮김, 문학동네, 2015.

시작한 이유는 한 단편소설 덕이었다. 정확히는 소설의 등장인물, 정화연 덕이다. 평론가 h가 지적하듯 작가 자신의 이름을 애너그램한 이름. 정화연은 k의 분신이었다. 찰스 부코스키의 헨리 치나스키나 무라카미 하루키의 센티멘털하고도 찌질한 일본의 지식인 남성들 같은 대리자. "정화연이 이야기 내내 보여주는 올곧은 태도—a가 경솔하고도 범박하게 '너무 착하다'고 표현하는 그것—를 바틀비적 선이라 칭하고 싶다. 너무나도 바틀비적인. 이유를 찾을 수 없고, 이유가 없다는 바로 그점에서 의미심장한 선. 선 그 자체만을 위한 선. 대가를 요구하지 않는, 아니 그 이전에 목적이 없는, 오로지 스스로 선이기 위해 행해지는, 지극히 신적인, 기어코 선이기를 포기하는 선. 아, 바틀비적인 선이여! 정화연이여! 나는 지금 월 스트리트의 한 유명한 남자, 이성 문명이 폐기한 배달 불능 편지, 어쩌면 우리에게 남아 있었던 인간성의 마지막 찌꺼기를 먼 관조자처럼, 그러나 다른 모든 이성의 노예들보다는 한 발자국 앞서 관찰했던 늙은 변호사의 목소리를 의도적으로 흉내 내고 있다. …(중략)… 어쩌면 이는 오랜 시간 침묵 아닌 침묵을 견디며, '다소 밋밋하고 소설이 더 높은 지점에 닿기 위해 어

쩔 수 없이 통과할 수밖에 없는 의미심장한 터널'(「2012
년 M 출판사 신인상 소설 부문 심사평」)이 부재하다는 평
가를 받으며 출구 없는 착굴을 지속해온 k가 어떤 경지
에 이르러 발견해낸 하나의 자세가 아닌가. 평론가로
서, 그 이전에 한 명의 독자로서 작품에 대해 유지해야
할 최소한의 거리감을 상실한 것이 아닌가 하는 조심스
럽고도 유쾌한 걱정과 함께 이 작품이야말로 유명한 종
언 선언 이후 만성적인 방황기에 시달리던 소설 장르가
한국이라는 (명백히 서구적이었던 태생을 고려할 때) 이방
의 땅에서 발굴한 또 다른 출구일 것이라 믿어 보고 싶
다"고 다소 거창한 비평문 내지는 헌사를 남긴 평론가
h의 관점을 곧이곧대로 수용할 순 없더라도 그, 정화연
이 일으킨 반향은 확실히 무시할 수 없어 보였다. 나 역
시 한두 달을 간격으로 느슨하게 이어지던 독서 모임에
서 예의 수상집을 직접 읽어보기도 전에 그 이름을 들
었다. 독서 모임에 나가 근래에 주목을 받는다는 책들을
따라 읽는 틈틈이 서점에서 이 책 저 책을 들춰가며 모
임에선 누구도 추천할 것 같지 않은 책을 조금씩 찾아
읽을 무렵이었다. 또 이와 별개로, 이 시기 나는 환멸감
에 삼 년여간 계속해왔던 L사의 패스트푸드점을 때려

치운 뒤 발레파킹 따위의 다른 아르바이트로 생계를 유지하다. 참다못한 어머니의 등쌀에 떠밀려, 또 아버지의 장례식 때 잠시 얼굴을 본 기억이 있는 '모종의 삼촌' 덕을 받아 한 중형 회사에 취업해 누구의 말마따나 간신히 "제 사람 몫"을 하기 시작한 상태였다. 이때 "제 사람 몫"이란 하루에 두어 번 우체국이나 은행에 갈 때를 제외하고는 사무실 구석 대형 복합기 옆자리에 앉아 전달받은 엑셀 파일과 워드 파일에 숫자와 수식을 대입하고 퍼즐을 맞추듯 비슷한 문장들을 끼워 넣는 일을 의미했다. 이 서류들을 포함해 내게 전달된 여러 서류를 인쇄 및 파쇄하는 것도 업무의 일부였는데, 어느 날인가는 내내 복합기와 파쇄기에 붙들려 다른 업무의 반도 끝내지 못했음에도 아무도 내가 정시 퇴근하는 것을 말리지 않았고 아, 바틀비여! 인간이여! 허먼 멜빌의 「필경사 바틀비」를 처음 읽으며 느낀 해방감을 아직도 선명히 기억한다. "그렇죠, 책을 읽는다는 건. 그런 경험을 준다니까요? 그렇지 않습니까?" 독서 모임의 장이었던 d는 말버릇과 제스처가 독특한 중년 남성이었다. 아직도 그 말버릇과 제스처 만은 그리듯 떠올릴 수 있다. 마치 하나의 잘 짜인 세트 메뉴 같은 구성을 가진 이것은, 우선 몸을 앞쪽으로 깊게 숙인 채 다른 이의 눈을 지그시 바라보며 당신의 말을 너무나도 깊게 이해한다고 지금 자신도 같은 생각을 하고 있었다고 말하듯 고개를 끄덕이며 예의 준비된 대사를 부드럽게 읊조리는 것으로 시작됐다. 이후로는 일장 연설이 이어졌다. 연설을 끝낼 즈음 d는 자연스럽게 허리를 꼿꼿이 편 채 정말 연단 위에 선 강연자라도 된 양 두 팔을 벌렸고, 그 모습이 언제나 정갈하게 준비된 박수갈채만을 받아온 독재정권의 어리숙한 후계자 같았음을 기억한다. 독서 모임의 초기 멤버였다는데, 뒤풀이 자리에서 하도 그 얘기를 꺼내는 탓에 실은 독서 모임이 아니라 세상을 멸망에 빠트릴 계획을 거꾸러트린 비밀결사 단체의 초기 멤버였던 건 아닐까? 그렇지 않고서야⋯⋯ 하고 옆 사람과 농담을 주고받은 적도 있었다. 아무래도 그의 자신감은 그토록 오래 이 일을, 비록 주기나 방식에는 적잖은 변화가 있었으나 중도에 포기하지 않고 독서를 하며 다른 누군가와 대화를 나누는 '교양 있는 활동'을 지속해왔음에 연유한 듯 보였다. 알량한 자족감. 그 자신도 그것을 모르지 않아 오히려 더 과장된 방식, 우스꽝스러운 쇼맨십에 매달리고 있음을 깨달은 것은 모임에 다닌 지 얼마 지나지 않아서였다. 모임 바깥에서의 독서를 시작한 것은 이 이후다. 이를 읽는 부류들에 대한 환멸감과는 별개로 글 자체에는 깊은 흥미를 느꼈다. 그것은 어쨌든 토스터 에서 빵을 빼 그 사이에 미리 구워놓은 패티와 야채 소스 따위를 끼워 넣어 누렇고 창백한 입을 벌린 홀딩빈 안으로 밀어 넣는 일과는 달라 보였다. 엑셀 결괏값에 뜬 #NAME?의 원인을 알기 위해 수식에서 괄호의 짝을 하나씩 맞춰보는 일과는 근본적으로 다른…… 그런 대책 없는 믿음을 가졌던 시기다. 되짚어보면, 나는 L사의 패스트푸드점에서 삼 년여 간 컨베이어벨트 앞의 노동자처럼 햄버거를 만들고 디저트를 튀기면서도 누군가 이를 먹는 일에 대해 깊이 생각해본 적이 없었다. 자의식은 뒤늦게 싹을 틔웠다. 크게 벌어진 입, 몇 번의 저작 운동에 말끔히 지워질 것을 만든다는 자의식. 지극히 익숙해 숨을 쉬는 일과 다를 것도 없는, 그렇게 나의 숨 같은 그것이 타인처럼 불쾌한 체온을 띤 홀딩빈 안으로, 또 몇 번의 저작 활동 안쪽으로 사라지고, 이에 대한 대가로 한 달에 한 번 통장에 다음 한 달을 간신히 버틸 만한 돈이 송금된다는 것. 이 무의미한 나선으로부터 도망쳐 나와 끝내 도착한 회사 사무실에서, 잠이 덜 깬 몽롱한 정신으로 이틀간 정리했던 한 더미의 서류를 파쇄기 속에 한 장씩 집어넣으며 나는 처음으로 무언가 쓰고 싶은 욕망에 사로잡혔다. 그러나 아직 아주 어렴풋하고 얄팍한 충동이었다. 별달리 쓰고 싶은 게 없었기 때문이다. 단순히 쓰고 싶은 마음. 구체적인 목적어가 부재한 욕망이었다. 글이어야 할 이유도 없었다. 우연히 잘못든 길목을 따라 걷다 발견한 마을의 뒤편, 고개를 돌릴 필요도 없이 협소하고 조악한 마을의 풍경이 한눈에 내려다보이는 언덕배기에서 느낀 조금도 구체적이지 않은 탈출에 대한 충동, 가볍디가벼운 욕망. 「정화연을 만나러」를 읽은 건 이즈음, 실체 없는 껄끄러움 내지 희끄무레한 욕망에 사로잡혀 회사에서도 이따금 시간이 뜰 때면 사무용 노트북으로 워드를 켜 목적 없는 문장들을 끄적거리다 지우곤 하던 시기였다. 「정화연을 만나러」는 관찰자 a가 특정 시기마다 제 앞에 나타났다 사라지는 정화연이라는 이름의 정체를 알 수 없는 여성에 대해 회고하는 내용이었다. 형식적인 측면에서는 자연스럽게 니코스 카잔차키스의 『그리스인 조르바』나 평론가 h가 언급한 「필경사 바틀비」 등 다양한 선례가 떠오르는, 그러나 작품 내내 두 인물 사이 별로 큰 접점이 생

기지 않고, a의 관찰이 거의 한 생애를 걸쳐 진행된다는
점에서 오히려 파트리크 쥐스킨트의 『좀머 씨 이야기』
에 더 근접한 작품이라 볼 수도 있었다. 어느 모로 보나
새로울 것은 없는 구성이었다는 얘기다. 지금 생각해보
면 평론가들의 과장된 상찬이 대다수 독자에게 거부감
없이 전달될 수 있었던 것은 이 덕이 컸다. 공감되지는
않았으나, 처음엔 나도 별 불만 없었다. 그저 조금 특이
한 사람이 등장하는 소설이다, 그런데 이 사람의 특이함
은 조금 의미 불명이라고만 생각했다. 문제는 작품에 대
해 적당한 칭찬이 오가던 중 모임의 누군가 불쑥 작가
얼굴이 참 잘 생겼다는 얘기를 꺼낸 뒤 터졌다. 나는 다
른 사람들처럼 별생각 없이 그래요? 하며 사진이 있는
페이지를 펼쳤고, 거기서 부드러운 웃음을 지은 217번
손님을 보았다. 기억은 샴페인처럼 터져 나왔다. 코르크
마개를 튕겨내며 솟아오르는 거품의 경쾌한 소리. 기억
의 정체를 깨닫기 전엔 상쾌함마저 느꼈다. 오래가지 않
아 머리와 얼굴로 쏟아져 순식간에 미지근해지며 목으
로, 가슴께로 흘러내리는 불쾌한 액체, 그 같은 감정이
뒤따랐다. 참을 수 없을 정도로 지독했던 술 냄새. 침을
뱉듯 이죽거리던 217번 손님의 입은 빛을 받아 거의 지

워질 듯 희미한 미소를 띤 모양으로 사진 속에 담겨 있었다. "아뇨!" 내가 발작하듯 소리쳤을 즈음, 대화의 주제는 다시 작품으로 돌아와 있었다. 이때 내 얼굴은 급한 볼일을 참는 사람처럼 창백했을 것이다. 어쩌면 나중에 몇 사람은 정말 내가 단지 갑작스러운 복통에 냉정함을 잃어 그와 같은 돌발 행동을 벌였다 생각했을지도 모른다. 사람들은 멀뚱한 얼굴로 나를 돌아보았다. 나는 이어 소리쳤다. "아뇨, 나는 이 소설이 마음에 들지 않습니다!" 이후로 이어진 논쟁에 대해 구구절절 설명할 필요는 없을 것 같다. 모임의 모두가 「정화연을 만나러」를 마음에 들어 하지는 않았으나 대체로 호의적인 감상을 갖고 있었고 또 이를 나름대로 정리해왔으므로 그들은 돌아가며 차근차근 얘기했는데, 이때마다, 그러니까 누군가 작품에 대해 호의적이거나 호의에 가까운 감상을 내놓을 때마다 내가 끼어들어 반론이라 말하기도 창피한 말들을 마구잡이로 쏟아냈기 때문이다. 하나같이 "아뇨, 나는 이 소설이 마음에 들지 않습니다!"와 별다르지 않은 말들이었다. 나중에 가선 d가 정중히, 그러나 뜨악한 표정을 숨기지 못한 채, 왜 그런 감상을 느꼈는지 자세히 설명해줄 수 있느냐고 물었지만 나는 여전

히 취한 사람처럼 비슷한 말만 반복할 뿐이었다. "음, 이
건 우리답지 않습니다. 너무 과열된 거 같아요. 그쵸? 사
실 별로 중요하지 않은 얘기잖아요?" d는 숙련된 보육
선생처럼 가볍게 손뼉을 쳤다. 모임의 분위기를 어떻게
든 환기하려는 의도 같았다. 그리고 지금에 와서 생각해
보면 나는 그즈음 그만하는 게 맞았다. 사람들은 충분히
예의를 갖춰 행동했다. 그럴 이유가 전혀 없었는데도 그
랬다. 하지만 나는 멈추지 않았다. 그즈음 모임에 대한
불신이 이미 어느 선을 넘어버린 점도 좋은 핑계가 되
었다. 나는 토마스 베른하르트처럼, 마치 당대 자국 문
인들의 가증스러운 태도에 분노를 참지 못해 자신의 시
상식장을 엉망진창으로 만들어버린 지조 있는 반영웅
이라도 된 듯 행동했다. 자리를 박차고 일어났을 때는
주량을 아득히 넘긴 줄 모르고 정신없이 술을 퍼마신
사람처럼 아찔한 어지럼증을 느끼며 비틀거렸다. 하지
만 나는 멈추지 않았다. 모임의 모두가 내 목소리의 어
조 하나도 놓치지 않도록 크고 또박또박하게 독설과 조
롱을 퍼부었다. 엘리트적 취향을 얻을 기회가 없었던 그
들의 한심스러운 지적 허영을 채워주기 위해 대체물로
선택됐을 뿐인 독서라는 취향과 한낱 레트로에 불과한

이 알량한 교양을 수호하기 위해 책이라는 사물에 감당하지 못할 아우라를 씌우는 그들의 독실함에 대해. 어찌해야 할 줄 모르겠다는 듯 나를 올려보던 얼굴들은 잠시 울긋불긋하게 달아오르는가 싶더니 금세 하나의 선명한 빛깔, 창백함으로 수렴되어갔다. 익숙한 감정, 분노였다.

    나는 언제든 기회가 된다면 그들에게 진심으로 사과하고 싶다.

*

    이유 없는 악의로 가득 찬 소설을 쓰고 싶다. 내가 찾은 것은 그런 욕망이었다. 독서 모임에서 모욕과 조롱을 쏟을 때만 해도 나는 쓰인 모든 것, 쓰인 것을 읽는 모든 이에 대한 형언할 수 없는 혐오감을 느끼며 그 모두를 불살라버리기라도 하겠다는 듯 굴었으나, 막상 한 번의 화재가 지나가자 잿더미 같은 고요가 찾아왔고, 모임 날에 맞춰 종일 시간을 비워둔 탓에 달리할 것도 없는 상태였으므로, 한동안 가만히 누워 내가 저지른 짓을 가만히 곱씹어 보게 되었다. 욕망은 거기 있었다. 타고 남은 건축물의 잔재 옆 덤불에 처박혀 있는 텅 빈 시너 통처럼. 혹은 거멓게 바스러진 마룻바닥 밑에서 발견된, 언제 누가 새겨놓은지 모를 상스러운 내용의 낙서처럼. 덩그러니. 이유 없는 악의로 가득 찬⋯⋯ 그러나 여전히 조금도 구체적이지 못한 욕망이었다. 도대체 이유 없는 악의란 무엇이며, 그것만으로 가득 찬 소설이란 무엇이란 말인가? 이제껏 내게 소설은 공식적인 유통의 과정을 거쳐 내 손에 들어온 책, 내가 아닌 이가 쓴 것을 의미했다. 나는 종일 침대와 책장을 오가며 골몰했고, 아래는 그날 내가 떠올리고 들춰본 소설의 목록이다: 로베르토 볼라뇨의 전작, 조이스 캐롤 오츠의 『좀비』와 몇 단편, 강화길의 「서우」, 앤서니 버지스의 『시계태엽 오렌지』, 김사과의 전작, 아고타 크리스토프의 『존재의 세 가지 거짓말(상)-비밀 노트』, 김엄지의 몇 단편, 백민석이 몇 단편과 거의 모든 장편, 이청준의 「벌레 이야기」, 이탈로 칼비노의 『반쪼가리 자작』, 셜리 잭슨의 『제비뽑기』와 『힐 하우스의 유령』, 플래너리 오코너의 「좋은 사람은 드물다」, 한강의 『소년이 온다』, 'H. P. 러브크래프트 전집' 중 삼 권과 오 권을 뺀 전부, 에드

거 앨런 포의 「검은 고양이」와 「어셔 가의 몰락」, 토마스 베른하르트의 『모자』, 타테우쉬 보로프스키의 「신사 숙녀 여러분, 가스실로」, 임철우의 「붉은 방」, 표도르 도스토예스프스키의 『죄와 벌』, 알베르 카뮈의 『이방인』, 윌리엄 포크너의 『성역』과 몇 단편, 파트리크 쥐스킨트의 『향수』, 편혜영의 『사육장 쪽으로』, 최제훈의 「괴물을 위한 변명」과 『일곱 개의 고양이 눈』, 사무엘 베케트의 몇 단편, 김태용의 『포주 이야기』, 서준환의 「수족관」, 알랭 로브그리예의 『되풀이』…… 결론부터 말하자면, 헛수고였다. 이들에 등장하는 악의에는 무언가 더 있었다. 악의를 단지 악의이지 않게 해주는, 의미? 모종의 숭고한 뒷공작, 혹은 작의라 불러야 할 것이 후광처럼 드리워 있었다. 내가 원한 것은 그런 종류의 가증이 아니었다. 이유 없는 악의 그 자체, 아, 바틀비적인 악의여! 인간이여! 전에 없던 명징한 목표 의식이 나를 사로잡았다. 한심한 일이나 아직 벗지 않은 베른하르트적 반영웅의 가면도 큰 도움을 주었다. 이마저 없었다면 나는 얼마 안 가 고꾸라졌으리라. 당시 내겐 비슷한 구성의 문장들을 반복해 적어 그런 문장이라면 눈을 감고도 오타 없이 적을 수 있는 능력과 보통 사람들보단 많은 독서를 했다는 점 외에는 글쓰기에 보탬이 될 만한 점이 없었다. 또 뒤늦게 대학 따위에 들어가기에도 여러 가지 현실적인 문제가 많았다―아니 솔직해지자, 문제는 언제나 어머니, 어머니뿐이었다―. 남은 방법은 저들만의 재미없는 농담을 주고받듯 서로 이율배반적인 말만 쏟아내는 작법서들을 들춰보며 나조차 이게 뭔지 모를 글을 썼다 지우는 것뿐이었다. 딱 일이 년 정도였다. 일이 년 같은 일, 헛짓거리를 반복하니 처음의 강렬한 욕망이 점차 흐려지더니 무엇을 위해 왜 이런 쓸데없는 낭비를 하는지 알 수 없어졌다. 쓰면 쓸수록 이것이 햄버거를 만드는 일과 뭐가 다른가, 용도도 의미도 알 수 없는 문장과 숫자 들을 쓰고 분류하다 종내는 모두 파쇄기에 집어넣는 일과 지금 하는 일이 본질적으로 얼마나 큰 차이가 있나 회의가 들었다. 거기다 이 일은 보수를 주지도 않았다. 그 무렵 나는 어머니에게 말하지 않은 채, 회사로부터 제안받은 조금 더 많고 의미 있는 업무를 조금 더 많은 시간과 노력을 들여 하는 대신 조금 더 많은 임금을 받을 수 있는 일을 정중하게 거절한 상태였다. 바보 같은 짓이었다. 나는 매일 밤 건넛방의 어머니가 깨지 않도록 조용히 키보드를 두드리다 이내 참을 수 없는 환멸감을 느끼며 그날 쓴 것을 모두 지워버리고 침대 위로 쓰러져 기절하듯 잠들었다. 잠든 동안엔 내가 거절한 제안에 대해 알게 된 어머니가 작렬하는 햇볕에 지옥처럼 달아오른 거리를 뚫고 사무실로 걸어들어와 내 머리를 파쇄기에 밀어 넣는 악몽에 시달렸다. 평소보다 늦게까지 글을 붙든 탓에 아쉬움과 귀찮음이 섞인 묘한 감정에 젖어 미처 지우지 못한 몇 뭉치의 문장이 어머니에게 발각된 것은 그 무렵이었다. "이게 무어냐?" 이른 새벽이었다. 어머니의 목소리를 듣고 막 잠에서 깬 탓에 조금 혼몽한 상태였다. 눈꺼풀이 무겁고 머리가 지끈거렸다. "이게 뭐니, 얘야." 대답이 없자 어머니는 다그치듯 반복했다. 불길함을 느낀 것은 이때였다. 나는 번뜩 눈을 떠 어머니 쪽을 보았다. 어머니는 내 책상에 앉아 있었다. 책상 위엔 노트북이 켜져 있었다.

"……."

대답할 수 없었다. 몰래 간식을 먹다 들킨 아이라도 된 기분이었다. 어머니는 나를 잠시 내려다보더니 다시 물었다.

"뭘 입을 다물고 있는 게냐? 얘야, 에미가 묻잖니. 이게 무어냐?"

　채근하는 투였다. 강요보다는 장난에 가까운 태도, 얼른 대답하지 않으면 간지럼을 피우기라도 하겠다는 태도였다. 어머니가 놀고 있음을 알았다. 나는 멍청이가 아니었다. 내가 멍청이가 아님을 어머니 역시 알았다.

　"그냥 소설…… 소설 같은 거예요."

　나는 금방 항복했다. 처음부터 이길 수 없는 게임이었다.

　"아아 소설!" 어머니는 잔뜩 신이 난 목소리로 손뼉을 쳤다. "소설이구나!"

　이어 어머니는 내 허락만을 기다렸다는 듯, 그러니까 내 대답이 모종의 허락이기라도 했다는 듯 곧바로 몸을 돌려 화면 속 문장들을 읽기 시작했다. 노트북에 얼굴을 바짝 붙인 채 글자를 따라 느릿하게 눈알을 굴리는 모습이 먹이에 코를 들이미는 짐승 같았다. 어머니의 입술이 쩝쩝거리듯 달싹거렸다. 내 형편없는 문장들이 음산한 주문처럼 방 안을 떠돌았다. 정말이지, 두 귀를 뜯어버리고 싶었다.

　"아아 이거 정말! 이거 정말 소설이로구나!"

　어머니는 나를 돌아보았다. 살짝 벌어진 입술이 번들거렸다. 금방이라도 감길 듯, 그리하여 영영 다시 뜨이

는 일이 없을 듯 내려온 두 눈꺼풀이 파르르 떨렸다. 얼
핏, 환한 웃음처럼 보였다. 잠시 나를 지그시 바라보던
어머니가 덧붙였다.

"애야, 너는 참 좋은 취미를 가졌다."

그리고 얼마지 않아 어머니는 금방 아침 식사를 준비
하러 나갔다. 나는 장기를 빼 먹힌 시체처럼 앉아 화면
이 저절로 꺼질 때까지 가만히 앉아 화면 속 문장들을
노려보았다. 다시 제대로 글을 쓰기 시작한 것은 이 이
후였다. 지독한 불쾌감은 어째선지 마음을 상쾌하게 했
다. 이전까지 거슬렸던 자질구레한 문제들에 대해서도
마음이 한층 가벼워졌다. 이 시기, 나는 주말 아침마다
산책도 나갔다. 풍경의 모든 것이 공기처럼 투명하게
관측되었다. 이상하리만치 달뜬, 주체할 수 없는 나날
이었다.

*

C 출판사의 산하 센터에서 여는 한 창작 강의를 알게
된 것은 내장 안쪽에 양치식물 같은 감정이 뿌리내렸음

을 알아챘을 즈음이다. 그런 강의가 있다는 걸 전에 모르진 않았으나 어쩐지 출판사 창작 강의라는 어감이 주는 미묘한 불신감, 넓고 환한 방에 모여 생전 입어본 적 없는 무용복을 입고 무기력하게 돌아가지 않는 관절을 비트는 직장인들 따위가 떠올라 염두에 두지 않았는데, 강사를 보자 흥미가 생겼다. k였다. 이번 분기에 새로 열리는 강의였다. 성의 없는 커리큘럼을 보아 지난 계절 출간된 소설집 『정화연을 만나러』의 인기에 힘입어 열린 것으로 보였다. "Re-presentation, 소설은 재현의 문학이라고들 얘기합니다. 물론 이 재현의 의미는 일상적으로 사용되는 사사로운 의미와 다르겠지요. 그러나 제게 소설은 한편 그런 사사로운 의미와 완전히 동떨어지지 않아 보입니다. 再現. 거듭 나타내다. 이미 한 번 있던 것을 다시 있게 하기. 없었던, 특별한 무언가를 찾는 것이 아니라, 바로 당신의 옆에 있는 사사로운 것들을 다르게 바라보고 이야기하는 법을 같이 알아봅니다." 이 서문만이 그나마 성의를 갖고 작성한 내용 같았다. 그러나 애당초 별로 중요치 않은 문제였다. k가 있다는 것, 그것이면 충분했다. 삼 주 동안 이론을 배우고 사 주차부터 학생들의 작품을 돌아가며 합평한다 했다. 시작까지 채 이 주가 안 남았지만 오 주면 여기저기 흐트러뜨린 글들을 잘 기우는 것으로 어찌어찌 소설 한 편을 완성하기 충분해 보였다. 완성해본 적은 없었지만, 그 직전에 엎어트린 것들이라면 적잖았다. 이유 없는 악의로 가득 찬…… 어머니에게는 회사의 일정이 바빠져 이 주 뒤부터 주에 하루 정도 저녁 늦게까지 일을 하고 오게 될 거라 전했다. "그러냐?" 어머니는 잠에서 덜 깬 눈으로 나를 보다가 이내 다시 텔레비전으로 고개를 돌렸다. 텔레비전에선 늙은 여성이 젊은 여성을 향해 무언가 악다구니를 하고 있었다. 뒤이어 화면 바깥에서 깔끔하게 다린 정장을 입은 남성이 나타나 과장된 몸짓으로 늙은 여성을 막아섰다. 남성은 지금의 상황이 이해 가지 않고 또 그래서 괴롭다는 듯 굳은 얼굴을 하고 있었다. 선이 굵고 말끔해 어딘가 멍청한 인상을 주는 얼굴이었다. 나는 조용히 방으로 돌아가 노트북을 켰다. 문 너머로 텔레비전의 채널 바뀌는 소리가 들렸다.

"많이들 오해하곤 합니다. 여러분은 어떤가요? 꼭 소설일 필요는 없습니다. 영화는 근대 이후 예술 산업의 압도적인 영향력을 끼치고 있는 서사 장르죠. 상업주의적이건, 소위 말하는…… 작가주의적인 영화건 말입니다. 어떱니까, 여러분이 생각하기에, 그러니까 어느 쪽이든 말입니다, 이것들은 이야기 같나요? 혹은…… 이야기란 뭘까요? 아마 이렇게 말해볼 수 있을 겁니다. 시간이 앞에서 뒤로, 과거에서 미래로 흐르는 공간, 장소. 철수와 영희가 늦은 밤 공원에서 만났고, 뽀뽀했고, 둘은 행복하게 살았습니다. 이게 대다수가 생각하는 이야기입니다. 그럼 이건 영화입니까? 어때요, 여러분이 보고 읽은 영화, 소설은 저런 형태인가요? 이미 눈치챘을 수도 있으나 이들, 영화나 소설은 이야기가 아닙니다. 영화나 소설, 내러티브, 쉽게 번역어로 서사라고들 부르는데, 이들은 이야기를 포함한 무엇이죠. 여기서부터는 얘기가 조금 어려워지는데…… 이야기라는 것, 스토리라는 것, 여기서 스토리는 내러티브와 분리해서 봐야 하죠…… 뭐 하여튼, 결국 내러티브, 영화라든지 소설이라든지 하는 것은, 스토리가 아주 아닌 것은 아니나 그럼에도 온전히 스토리이지만은 않은 어떤 것…… 무언가의, 무언가에 의한, 무언가를 위한, 구성물. 네, 구성물이란 것입니다. 이 표현이 가장 적합하겠네요. 그리고 오늘 우리가 이해하려 하는 것은 바로 이 구성물이 무엇이냐는 것이고요. 그게 시작입니다."

　k의 강의는 예상보다 더 지루했다. 강의실 뒤편에 앉아 슬쩍 둘러본 바로는 혼자만의 느낌은 아닌 듯했다. 몇 학생, 이미 뭔가 '알고 있다'는 분위기를 풍기는, 비교적 어린 인상의 몇을 빼놓곤 대부분 간신히 졸음과 지루함을 참는 얼굴이었다. 대놓고 핸드폰을 만지거나 필기용으로 보이는 노트북으로 웹 서핑을 하는 이들도 있었는데, k도 이를 눈치챈 듯했으나 말리려는 기색이 없었다. 그는 익숙해 보였다. 지루한 강의를 하는 강사와 지루함을 숨기지 않는 수강생들, 그리고 이상할 정도의 집중력을 발휘하며 고개를 끄덕이는 차분하고 조용하고 생기 넘치는 몇 명의…… d와 같은 사람들. "그렇죠. 책을 읽는다는 건. 그런 경험을 준다니까요? 그렇지 않아요 여러분?" 하고 강연자를 자처하던 그(들)는, 이곳에선 호기롭고 집중력 좋은 어린 학생의 가면을 쓰고 앉아 있었다. k가 질문을 던지기만을 기다리는, 그럼 곧바로 손을 들어 '자신이 이미 알고 있던 것'을 말해줄 것처럼 상기된 얼굴들. 나는 노트북을 열어 워드를 켰다. 처음부터 무언갈 얻으리라는 기대도 없었거니와 k 역시 무언갈 가르치려는 생각 같지 않았다. 이곳은 강의실이라기보단 극장이었다. k는 무대 위에 서 있고, 우리

는 객석에 앉아 있었다. 아, 바틀비여! 인간이여! 객석의
사람들, 그들은 월 스트리트에 안정적인 사무실을 소유
한 나이 지긋한 금융 변호사, 제 필경사의 기이한 면모
에 감탄하고 안타까워하는 바틀비의 고용주가 되고 싶
지만 그것이 잘되지 않아 차선책으로나마 그의 다른 필
경사들, 어제의 요령으로 무리 없이 내일을 상상할 수
있는 터키, 니퍼즈, 혹은 진저 넛이 되기로 마음먹은 사
람들처럼 보였다. 이유 없는 악의로 가득 찬…… 무언
가 쓸 수 있을 것 같았다. "자, 그럼 이제," k가 갑자기 태
도를 돌변하며 두 손으로 연단의 탁자를 가볍게 내리친
건 이때였다.

  "지루한 혼잣말은 할 만큼 했으니 우리 조금 같이 뭘
해보도록 할까요?"

  손가락이 멈췄다. k의 말을 듣기 위해서가 아니라 그
의 퍼포먼스 탓에 머리 위쪽을 부유하던 문장들을 단번
에 날려버린 탓이었다. 문장들은 나무 위를 날아다니며
앉기 적당한 빈 가지를 염탐하다 불쑥 끼어든 인기척에
숲 바깥으로 달아나버린 작은 새들처럼 금세 흩어졌다.
"뭐야, 얘도 이원 과였어?" 둘이 나란히 앉아 내내 알아
들을 수 없는 말을 쑥덕거리던 두 남성 쪽에선 그런 얘

기가 새어 들려왔다.

"룰은 간단해요. 자기소개를 하는 겁니다. 우리 다 초면이잖아요, 그렇죠?"

k는 말끝에 쑥덕거리는 두 남성 쪽을 향해 가볍게 웃음을 지어 보였다. 경고라기보단 농담을 거는 태도였다. 두 남성도 개의치 않는 듯했다. 다른 학생들의 반응도 부정적이지만은 않았다. 영 내키지 않는다는 표정들이었지만, 직접적으로 불만을 드러내는 사람은 없었다. 마치 그런 정보가 없이 극장에 들어왔다가 극의 내용이 관객 참여형임을 알게 된 사람들처럼, 지금의 상황을 그럼에도 한 번쯤 우스꽝스러움을 참고 해볼 만한 이벤트라 여기기로 한 듯했다. k는 잠시 뜸을 들이다 다시 입을 열었다.

"참고로 꼭 진짜 자기를 소개할 필요는 없습니다. 재미없잖아요? 또 소설적이지도 않아요. 우리는 좀 더 소설적이게 합시다. 이제 곧 소설가가 될 몸들이니까, 오케이? 좀 더 내러티브하게. 간단해요. 각자 소개할 자신을 창작하는 겁니다. 이 상황, 여기 우리가 이 강의실에 모인 상황에 맞게, 또 설득력 있게. 누구라도 당신의 얘기를 들으면 지금 당신이 여기 있는 이유와 또 당신이 그럼으로써 어떤 현재에 놓여 있는지 단박에 이해할 수 있게 하는 겁니다. 이해하지 않곤 못 견디게끔. 막……막, 아시겠죠? 물론 필요하면 얼마든지 자기 자신을 끌고 와요. 그러니까 필요하다면. 오케이? 무슨 말인지 알죠?"

잠깐 사이 k의 캐릭터는 놀라울 정도로 돌변해 있었다. 두 손으로 탁자를 가볍게 내리치는 순간 변검 배우처럼 모노톤의 가면을 벗어던지고 화려하게 치장된 가면을 드러낸 것 같았다. 말하자면 이도 진짜 얼굴은 아니라고 주장하듯, 그런 과시가 느껴졌다. "소개는 필요에 따라서 얼마든지 길어도 상관없어요. 또 꼭 자기에 대한 것이 아니어도 되죠. 탁월한 히어로를 만들어주는 건 결국 매력 있는 빌런이라는 얘기도 있잖아요"라거나 "사람일 필요도 없어요. 뭐, 저는 지금, 네, 저기, 저 우산이라고 칩시다" 따위의 설명이 덧붙었다. 제한 시간은 십 분이었다. 요구 사항에 비해 지나치게 짧은 시간이었으므로 사람들은 귀찮은 티를 숨기지 않으면서도 낸 돈이 아까워서라는 듯, 그런 핑계로 이미 자신을 설득한 듯 손가락을 움직이기 시작했다. 예상대로 십 분은 금방 지났고 k는 의무에 충실한 감독관처럼 조금도 여유 시간을 주지 않았다. 몇 사람이 또 야유했으나, 장난스러운 태도였다.

자기소개는 매끄럽게 진행되었다. 대부분 자신이 주절거리는 한심한 수준의 문장에 별 부끄러움을 느끼지 못하는 덕도 있었으나, 무엇보다 k가 그들의 아무것도 아닌 자기소개를 능숙한 태도로 받아준 덕이 컸다. 그는 탁월한 진행자였다. 중간중간 던지는 적절한 질문과 호의 섞인 반응은 발표자들이 정말 거기서 무언가 '하고 있다'고 믿게 하기 충분했다. 사람들은 점차 이 우스꽝스러운 놀이에 몰입하기 시작했다. 몇 명은 제 차례가 오기 직전까지 조용히 펜을 놀리다 자신이 지목되면 아쉬운 표정으로 손을 떼고 일어섰다.

"……해서 여기 숨어들어 왔어요. 갑작스럽게 비가, 예정대로라면 어젯밤 이미 서울의 더러운 찌꺼기들을 모두 쓸어내고 떠났어야 할 그 낡고 쓸모없는 천상의 빗자루가 하필 그 순간 제가 있는 거리를 덮쳐오지 않았다면 저는 여기 없었을 거예요. 비는 이미 그쳤겠죠. 바깥은 이제 갓 태어난 양서류의 말끔한 피부를 입고 있을 텐데, 저는 이렇게 지목을 받아 또 도망칠 기회를 놓쳐버렸네요. 하지만 또 모르죠. 지금 여기 있는 저는 버려진 꼬리일지도. 비슷한 것끼리는 통하는 면이 있으니까, 오랫동안 본성을 숨기고 지내느라 진절머리가 난 파충류의 제 몸뚱이가 양서류 거리와 어떤 거래와 음모를 주고받았을지는 오직 신만이 알 거예요."

맨 앞자리의 여성이었다. 그는 줄곧 가만히 앉아 칠판을 풍경 좋은 창이라도 되는 듯 멀뚱히 바라보고 있었다. 이는 수업이 시작된 후로도 마찬가지였고, k가 칠판 쪽을 지날 때면 여성은 누구보다 k의 강의에 집중하는 듯 보였지만 그렇지 않을 때면 완전히 딴청을 피우는 모습이었다. 자기소개도 특이한 편이었다. 큰 줄기보다는 사사로운 곁가지들에 공을 들였고 이들을 표현할 때도 다양한 비유를 썼다. 얼핏 브루노 슐츠 따위의 문체가 연상되었으나, 비유의 밀도나 질감 면에서 크게 달랐다. 길이도 십 분 안에 썼다고 믿어지지 않을 정도였다. 여성이 발표하는 내내 k는 이전과 다르게 질문이나 반응을 덧붙이는 대신 한껏 찡그린 표정으로 고개를 숙인 채 강단 위를 서성거렸다. 자기소개가 마음에 들지 않는 것처럼도, 단지 볼일을 참는 것처럼도 보였다.

"음, 네…… 잘 들었어요." 자기소개가 끝나자 k는 잠시 침묵하며 아리송한 눈빛으로 여성 쪽을 보다 입을 열었다. "i 씨, 실례가 안 된다면 혹시 지금까지 글을 얼마나 쓰셨죠?"

"예?" i는 당황한 듯했다. "무슨 질문이신지…… 잘 이해가 안 되는데요."

"아니, 아니에요. 전혀 어렵게 생각할 것 없어요. 그냥 얼마나, 몇 편 정도 썼느냐는 얘깁니다. 그래도 꽤 쓰셨을 것 같은데…… 뭐, 세는 게 무의미할 정도는 아니죠?"

k는 확신에 찬 태도로 물었고, i는 곧바로 대답하지 않았다. 질문의 의도를 이해했고, 또 그것이 불쾌하다는 듯 방어적인 침묵이었다. k는 부드럽게 웃는 낯으로 느긋하게 그의 대답을 기다렸다. 다른 학생들은 다만 그들 사이 무언가 오간다는 사실만을 눈치챈 채, 함부로 수군거리지도 못하며 가만히 눈을 깜빡거릴 뿐이었다.

"서른 편, 대충 세서 서른 편 정도는 쓴 거 같아요. 완성한 것만 치면."

곳곳에서 작은 탄식이 튀어나왔다. "세상에!" 누군가 작위적인 추임새를 넣었다. 찰나, 나는 k의 시선이 그쪽으로 향했다 다시 i에게로 돌아오는 것을 보았다. 나는 그사이 스쳐 간 감정을 읽을 수 있었다. 역겨움이었다.

"네 그럴 것 같았어요. 그러니까 제 말이 무엇이냐면…… 그즈음 쓰다 보면 다들 그럴 때가 온다는 거예요. 쉽게 말해 패턴 같은 거죠. 아 하면 어 하고 말이 톱니바퀴처럼 일정한 간격으로 콕, 콕, 길을 이어나가죠. 이게…… 알죠? 학생 본인은 잘 알겠지만, 얼핏 보면 이게 내러티브 같아요. 꽤 잘 쓴 소설 같아 보인다는 거죠. 무슨 말인지…… 이해하죠, i 씨?"

k는 모노드라마를 찍는 배우처럼 i의 호응을 유도하는 듯하면서도 반응을 내놓을 틈을 주지 않으며 말을 이었다. 장황한 설교였다. i는 할 말이 있는 듯 중간에 잠시 입을 달싹이는 듯했지만 이내 다물어버렸다. 처음엔 그럭저럭 들을 만했던 설교는 금세 지루해졌다. 출구 없는 비관론의 반복이었다. 마치 너처럼 써왔던 사람은 가망이 없다 말하듯, 나는 너와 같은 사람을 잘 안다, 너는 내가 뭐라 말하든 또 너만의 패턴을 쓰겠지, 그것이 소설이라 믿고 쓰겠지, 너는 그걸 바꾸고 싶지 않아 그렇지 않니, 너는 아무것도 바꾸지 않아 아무것도 바꾸지 않을 수 있는 방법을 찾아 내게 온 거겠지, 그러나 불쌍한 아이야 그런 건 없단다, 내게도 다른 누구에게도 하고 i의 마지막 희망 따위를 잘근잘근 짓밟는 태도였다.

첫 수업이라 기죽이기라도 하겠다는 걸까? 급작스럽게 공격성을 드러낸 k의 태도는 솔직히 당황스러웠고, 그래서 나는 이야기가 끝날 즈음 i가 울음을 터뜨리라 예상했다. 내 독설과 조롱을 듣던 독서 모임의 사람들이 그랬던 것처럼 i의 얼굴에 온갖 빛깔의 모욕이 피어나다 이내 한 가지 빛깔로 수렴되어 가고 있었다. 그래, 그리고 저 끝엔 분노만이 남지, 아주 창백한 분노가 울분과 함께 폭발하겠지, 더는 너의 어떤 말도 들어줄 수 없다고, 너의 모든 말을 부정할 것이며, 그것은 부정당해 마땅하다 주장하듯 또 다른 독설과 조롱을 쏟아낼 것으로 예상했는데, 이는 완전히 빗나갔다. 그는 언제 울음을 터뜨려도 이상하지 않을 것 같은 표정으로 몸을 부들거렸으나, 그것이 전부였다. 설교가 끝나자 잠시 정적이 흘렀고, 울음을 삼켜냈는지 어느 정도 차분함을 되찾은 듯 보이는 i가 입을 열었다. 애원하는 목소리로.

"뭘 어쩌라고…… 저보고 그럼 뭘 더 어쩌라고요. 제게 어떻게 하란 거예요, 예? 선생님, 전, 전 정말 잘 쓰고 싶어요. 진짜 잘 쓰고 싶다고요."

이때 강의실에 펼쳐진 것은 기묘한 풍경이다. 다른 학생들은 i를 보아야 할지 k를 보아야 할지, 그도 아니면 딴청을 피워야 할지 갈피를 잡지 못한 채 어색한 침묵을 삼켰다. k는 인자한 웃음을 짓고 있었다. "그 부분에 대해서는 이후에 조금 더 자세히 얘기해보도록 하죠." k는 달래듯 말했고, i는 대답 없이 그러나 수긍한 모습으로 자리에 앉았다. k가 곧바로 다음 발표자를 지목하자 분위기는 금세 풀어졌다. 마치 이전과 다를 바 없는 평범한 자기소개가 지나갔던 것처럼.

"학생…… 성함이 뭐였더라? 저기요, 안 들려요? 학생! 학생 차례예요."

뒤늦게 k가 나를 지목했음은 깨달았다. 나는 허둥대며 자리에서 일어났다. k는 조금 지친 얼굴로, 그러나 여전히 인자한 웃음을 띤 채, 연단에 팔을 괴고 서 나를 건너보았다. 의도적으로 성의 없음을 드러내는 태도. 방심한 먹잇감이 수풀 바깥으로 몸을 내밀길 기다리는 포식자의 자세. 나는 (자기소개 차례가 와 긴장한 사람처럼) 심호흡을 하고 자세를 고쳐 잡았다. "저, 그러니까……" k의 시선은 나의 눈을 향한 것인지 입을 향한 것인지, 아니면 개중 어디도 향하지 않은 것인지 알 수 없었다. "오래전 L사의 패스트푸드점에서 아르바이트를 할 때였습니다. 정확히는 기억나지 않는데, L사에서……."

나는 이야기를 시작했다.

*

　오래전 L사의 패스트푸드점에서 아르바이트를 할 때였다. 정확히는 기억나지 않는데, L사에서 시범적으로 몇 매장에 무인 계산기를 보급한 뒤였다. 이는 확실하다. 내가 그날을 기억하는 것이 무인 계산기와 관련 있기 때문이다. 무인 계산기는 이미 있었으나, 사람들은 아직 그것이 무엇인지 또 어떻게 사용할 수 있고 해야만 하며, 그래서 저 번거롭고 투박하게 생긴 자동 매표기 같은 것은 왜 저기 있나 따위를 아직 전혀 이해하지 못했던 시기다. 아르바이트나 직원들도 마찬가지였다. 메뉴얼이 없진 않았으나 애당초 그것은 우리를 위한 것이 아니었다. 메뉴얼은 무지한 손님들이 그것을 사용하게끔, 카드나 쿠폰 등 전자식으로 해결할 수 있는 계산은 가급적, 그러니까 필히 무인 계산기를 이용하게끔 유도하는 역할을 우리에게 배정했고, 그뿐이었다. 물론 그래서 불만이기만 했다는 얘기는 아니다. 무인 계산기가 처음 나타났을 때 우리는 대다수 그것이 장기적으로 가져올 효율에 대해 긍정적으로 전망했고, 실제로 그렇게 되기도 했으며, 무엇보다 일단 재밌었다. 저런 우스꽝스러운 것이, 하이 테크놀로지 하여 꼭 도라에몽 같은 것이 정말 생기다니, 다름 아닌 바로 여기 L사의 패스트푸드점 따위에 생기다니, 신기하고 재밌었다. 손님들의 반응도 마찬가지였다. 몇 손님은 괜히 카운터로 다가와 저건 뭐예요? 저걸로 주문이 돼요? 다 돼요? 소프트콘 같은 것도? 하고 묻곤 했다. "네, 돼요. 다 돼요" 하고 대답하다 보면 어쩐지 우스워졌다. 아르바이트도, 손님도. 하찮지만, 오히려 지극히 하찮아 한 번쯤 써먹고 싶어지는 농담 같았다. 그러므로 문제는 그것이 농담이 아니었다는 점이다. 전혀 농담이 아니었고, 몇 달 방치되다 없어질 이벤트도 아니었다. 장기적인 메뉴얼이었다. '평소와 다름없이'가 아니고서는 다른 무엇도 생각할 수 없을 만큼 매장이 바빠졌을 때도 그것은 거기 단호한 자세로 서 있었고, 또 어떤 손님들은 다가와 여기 이거 어떻게 쓰는 거예요? 아아 꼭 이걸로 해야 돼요? 소프트콘 같은 것도? 진짜 못 해 먹겠네 뭐가 이렇게 복잡해? 씨팔 그냥 여기서 해주면 안 돼요? 응? 안 돼? 하고 우리에

게 평소와 다른 모습을 요구했다. 적응해야 했다. 선택
이라거나 자세라거나 씨팔 그런 따위의 문제가 아니었
다. 말하자면 k, 217번 손님이 나타난 건 그런 시기다.
매장의 누구나, 매니저나 스태프가 아니라면 카드를 꺼
내 들며 카운터로 다가오는 손님들을 보면 슬쩍 고개를
돌려 "카드 계산은 무인 계산기 이용 부탁드릴게요." 하
고 반사적으로, 성의 없이 내뱉으며 주방으로 사라지곤
하던 무렵. 아르바이트는 나만 남은 새벽 타임에, 그는
그처럼 카드를 꺼내 들며 카운터 쪽으로 슬금슬금 걸어
오다 내 무성의한 대답에 멈춰 선 멀뚱한 표정의 손님
으로 나타났다. 불쾌한 듯 얼굴이 구기고는 몇 마디 들
리지 않은 말을 툴툴대며 다시 카운터 쪽으로 오는 듯
싶더니 금세 또 걸음을 돌렸던 남성. 이때만 해도 그는
평범한 진상이었다. 진부한 패턴. 얼마 지나지 않아 무
인 계산기와 연결된 출력기에서 영수증이 하나 올라왔
다. 217번. 한우불고기버거 세트에 디저트는 양념 감자
칠리 맛으로 변경, 음료는 아이스아메리카노로 변경하
고 치즈스틱을 하나 추가한 메뉴였다. 바로 준비되지 않
는 메뉴가 있었고, 마침 미리 쓰레기통을 몇 개 비워두
려던 참이었다. 나는 216번의 한우 불고기 패티가 깔린

그릴드에 한우 불고기 패티를 하나 더 깔아두고 쓰레기
봉지를 모아 주방 뒤쪽 바깥에 버려두고 왔다. 그새 다
음 영수증도 하나 올라와 있었다.

"메뉴…… 다 나온 건가요?"

217번을 호출하자 입구 쪽에 서 있던 그가 느적느적
걸어왔다. 기운이 없달까, 풀어진 목소리였다.

"네, 손님 217번이세요? 영수증 한번 확인해드릴게
요."

그는 영수증을 꺼내지 않았다. 대신 트레이에 차려진
메뉴들을 들춰보고 이리저리 뒤적거리며 중얼거렸다.
술 냄새가 지독했다.

"제 음식…… 제 거 다 나온 거 맞느냐고요. 이거, 제
가 주문한 거 다 나온 거죠?"

"네, 손님 217번 고객님 것 다 준비되셨어요."

나는 일부러 반복했다. 홀에 있는 나머지 한 명의 손
님은 무심한 태도로 전광판이 걸린 카운터 쪽을 바라보
고 있었으므로 앞뒤 정황상 그의 메뉴가 맞을 것이었다.
그러나 그렇다기엔 그의 질문이 묘하게 거슬렸다. 만약
217번 영수증이 없다면 그가 준비된 메뉴를 이리저리
들춰보는 것은 문제가 될 수 있었다. 대체로 그에게보다

는 나에게. 아르바이트와 쓸데없는 신경전을 벌이는 손
님만큼이나 자기가 주문한 메뉴를 기억하지 못하는 손
님은 흔했다.

"고객님, 영수증 먼저 보여주시겠어요?"

이번에도 그는 영수증을 꺼내지 않았다. 이때 나의
표정은 어땠을까? 그의 손은 자꾸만 메뉴들로 뻗어 왔
고 어찌할 수 없어 트레이를 안쪽으로 조금 당겼다. 그
의 손이 허공에서 잠시 멈췄다가 조용히, 불쾌함을 전혀
숨기지 않으며 내려가는 것을 보았다. 뻗으면 닿을 거리
였으나 다시 손을 뻗진 않았다. 그의 검지가 카운터 바
를 몇 차례 두드렸다.

"아, 준비되셨다." 간신히 알아들을 수 있을 정도의
작은 중얼거림이었다. 그는 실실거리고 있었다. "준비
께서 되셨구나……. 여기선 그렇게 가르치나 봐요?"

이때 또 나는 어떤 표정을 지었나? 나는 알아듣지 못
했다. 아니 알아들었더라도, 당시의 나는 진정 그가 무
슨 말을 하는지는 이해할 수 없었으리라. 그는 애당초
내게 얘기하고 있지 않았다. 이제 나는 그런 것을 안다.

"예, 무슨 말씀이세요?"

내가 되묻자, 그의 입술이 읊조리듯이 "씨팔" 하고,

그러나 그것을 밖으로 내뱉진 않으며, 달싹거리는 것을 보았다. 출처를 알 수 없는 분노에 나는 무슨 대꾸를 해야 하는지 판단할 수 없었다. 단지 혼란스러웠다. 이내 무해한 아이처럼, 지극히 무해하여 오히려 유해한 아이처럼 천진한 웃음을 띤 얼굴로 그가 말했다.

"아니, 아무것도 아니에요." 이때 그는 내 쪽을, 그러나 내가 아닌 더 먼 지점을 바라보고 있었다. 나는 이제 그런 것을 안다. "단지, 단지 말이에요. 우리는 타인에게 좀 더 친절한 사람이 될 수 있지 않나…… 그것이 비록 별것 아닌 타인이더라도, 아니 오히려 그런 남일수록 말이에요, 오케이? 더 선한 사람이 될 수 있지 않을까, 그런 생각을 자주 합니다. 그렇지 않나요? 선생님도…… 어때요, 선생님은 그래 본 적 없나요?"

여기까지가 그, 217번과 주고받은 대화의 전부다. 이후 217번은 영수증을 꺼내 카운터 바에 올려놓고는 트레이에 담긴 메뉴를 자리로 가져가 먹기 시작했다. 거의 쑤셔넣었다. 모종의 감정을 삼키듯, 마치 자신이 먹는 것이 한우불고기버거와 칠리 맛 양념을 묻힌 감자튀김과 치즈스틱과 플라스틱 컵에 담긴 아메리카노가 아니라 모욕이라는 듯이, 역겹게.

*

　당시 강의실에서 발표한 내용은 위처럼 잘 정돈되어
있지 못했다. 보다 어설프고, 감정도 정황도 아귀가 잘
맞지 않아 작은 건드림에도 금세 무너짐의 전조를 드러
내는, 그래 k의 표현을 빌려 허약한 구조물이었다. 생각
해보면 후에 제출한 소설도 다르지 않았다. 소설은 육
주차 때 완성되었고, 그와 무관하게 마지막 날에 발표
되었다. 첫날 가위바위보로 뽑은 순서였다. 본래는 남은
이 주간 충분히 고친 후 발표하려 했으나 마음처럼 되
지 않았다. 부족한 부분이 명확한데도 어떻게 손을 대
야 할지 감이 잡히지 않았다. k의 평가도 예상을 크게
벗어나지 않았다. 다만 그는 그 예상할 수 있는 것을 조
금 다르게 표현했다. 이를테면 k는 내 소설을 보며 파토
스, 정념, 분노 따위의 단어를 썼다. 정확히는 '파토스 같
은 것'이라든가 '분노로 추정되는 모종의 추동'이라 표
현했다. "자, 이렇게 생각해봅시다. 여기, 여러분 앞에
불이 하나 놓여 있습니다. 마치 캠프파이어처럼, 하지만
캠프파이어처럼 그렇게 정제되고, 갇힌 불이 아니라 제
멋대로, 어디로 튈지 모르는 그런 휘황한 불이라고 칩시

다. 허공에서 타오르는. 생각해보세요, 어떨 것 같아요? 인상적이겠죠? 이 소설이 주는 강렬한 인상이 바로 그래 보여요, 전. 이런 파토스 같은 것. 타오름은 언제나 그런 강렬한 인상을 동반하니까요. 하지만 그뿐입니다. 바로 문제는 거기에 있어요. 오케이? 누군가 거기, 이 타오르는 불에 관심을 가졌다 쳐요. 저것은 왜 저렇게 타오르나, 어떤 내력이 저기 저런 모양의 휘황한 뒤틀림을 낳았나 궁금해할 수 있겠죠. 그럼 어떻게 해야 할까요? 손을 뻗겠죠? 그럼 어떻게 되죠? 화상을 입어요. 뭔 대단한 깨달음이 아니라. 해탈하는 게 아니라—물론 모든 소설이 대단한 깨달음을 주어야 하는 것은 아닙니다. 하지만 남는 게 흉터뿐이라면? 그건 곤란하죠. 일그러져 진물이 올라오는 상처. 이런 소설이 줄 수 있는 효과란 근본적으로 그게 전부입니다. 그래서 구조물이 필요한 거예요. 이런 불꽃, 완전히 틀려먹었다고는 말하기 난처한, 어쩌면 문학의 본질적인 에너지에 가까운 이것을 더 안전하고 적절하게 다루게 해주는 형식. 기름 적신 헝겊을 두른 나무 막대기라든가, 상상해보세요, 프라이팬 같은 거 말이에요. 이렇게 생각해보면 하찮아 보이는 프라이팬은 또 얼마나 위대한 발명품인지, 재밌지 않나요? 작가가 하는 것은 그런 발명품을 만들어내는 거죠. 내러티브. 아름다운 구조물을요." k의 설명을 듣는 동안 몇 가지 질문이 떠올랐지만 묻지 않았다. 제대로 된 답을 들으리란 기대도 없었거니와 혹여나 내 작품을 옹호하는 태도처럼 들리는 것을 원치 않았기 때문이다. 실패한 소설이었고, 이에 대해 왈가왈부하는 것에 반론을 덧붙이고픈 마음은 없었다. 난처할 따름이었지만, k가 언급한 대로 내 소설을 보며 강렬한 인상을 받았다는 사람들이 있어 그들이 내 말에 힘입어 말을 더 보태기 시작하면 반갑지 않은 시간만 길어질 것이었다. 실제로 이들, 내 소설을 인상 깊게 읽은 이 중 몇은 나의 대변자처럼 k와 다른 이들의 혹평에 맞서 싸우기까지 했다. 당혹스러웠다. 생각 없다 말했음에도 구태여 나를 뒤풀이 자리까지 끌어들인 남성도 개중 하나였다. 주고받는 대화를 들어보니 이전에도 몇 번 마음이 맞는 이들끼리 이런 자리를 만들어온 모양이었다. 독서 모임의 전례가 생각나 가능한 피하고 싶었으나, 마지막이고 하니 선생님도 오신다 했다고, 합평도 받았는데 회포를 풀어야 하지 않겠냐며 반강제로 이끄는 통에 끌려가듯 따라갈 수밖에 없었다.

"조금 많이 늦긴 했지만. 아무래도 처음으로 선생님도 함께하는 자리고 하니까, 그렇죠? 우리 선생님의 출간을 기념하는 의미에서, 거국적으로다가 짠 한번 할까요?"

예의 남성이었다. 첫 수업 내내 핸드폰을 보며 딴청을 피우더니 셋째 주부터 무슨 계시라도 받은 양 이상하리만치 탁월한 집중력을 보여주며 수업에 참가해 왜 그런가 싶었는데, 이제 보니 계시를 준 건 수업이 아니라 끝난 후의 술자리인 듯했다. 몇 사람이 남성과 같이 맥주잔을 들었고, 다른 사람들로 분위기를 맞춰 차차 잔을 들었다. k는 민망한 듯 얼굴을 가린 채 몇 번 빼는가 싶더니 다른 이들이 모두 잔을 든 이후에야 조심스럽게 잔을 앞으로 들었다. 옆자리에는 i가 두 손으로 잔을 든 채 다소곳한 얼굴로 앉아 있었다. 둘은 마치 부녀처럼 해명할 수 없는 닮음을 공유하는 것 같았다.

"저기요, 그런 얘기는 좀 그렇지 않아요?"

문제의 사건이 터졌을 때 i는 이미 머리도 제대로 가누지 못할 정도로 취해 있었다. 긴장과 어색함이 어느 정도 풀어져 사람들 대부분 강의와 별 상관없는, 또 작가나 소설 따위와도 상관없는 사적인 얘기를 주고받고 있을 즈음이었다. 애당초 그들에게 있어 소설이라거나 k의 강의 같은 건 여가의 한 방식인 것처럼 보였다. 강의실에서와 마찬가지로 이상하리만치 문학에 대한 열정을 숨기지 않는 몇을 빼면 그랬다. i는 이 중에도 눈에 띄는 예였다. 문학의 탁월한 신도인 그는 이 자리를 선지자 k와 함께할 수 있는 비공식적인 마지막 시간, 영원히 끝나지 않길 바라는 이야기의 후일담쯤으로 여기는 듯 보였다. 영광됨에 취해 i가 자꾸만 던지는 질문들, 날카로운 만큼이나 낡아 모두를 의미 없이 예민하게 만드는 질문들에, k는 어떤 질문에도 붙일 수 있어 딱히 어떤 질문에 대한 대답이라고도 할 수 없는 말들로 대꾸했다. 그는 즐거워 보였다. 젊고 열의 넘치는 학생의 일방적인 질문 공세에 시달리는 척하며, 실상은 무방비하게 열린 그의 내면을 탐욕스럽게 발라먹는 재미에 빠진 말년의 능구렁이 교수처럼. 문제는 그와 긴밀한 얘기를 나누고픈 사람이 당연히 i만 있는 게 아니라는 점이었다. 따라서 i는 아주 눈치가 없거나, 그런 척했다. 한 여성이 꺼낸 「정화연을 만나러」에 대한 얘기도 본래는 k에게 건넨 질문이었다. 최근 비평 장에서 언급되는 "소설집이 나와 다시금 주목받고 있으나 현재의 페미니즘 관점에서 부정할 수 없는 문제를 안고 있다 평가받는 단편소설 「정화연을 만나러」에 대한 질문이었다. 다소 민감한 지점이었으나, k는 크게 개의치 않아 했다. 어쩌면 단지 조심했던 것인지도 모르지만. 어쨌든 i가 끼어든 것은, k가 몇 마디 뭉뚱그린 대답을 하다 말을 고르려 잠시 입을 다문 순간이었다.

"전 그 의견 동의 못 하거든요. 안 그래요? 선생님이 생각하기도 그렇잖아요, 솔직히. 이거 완전 남자라서 덤 탱이 썼다니깐! 아아, 그래, 그래요, 누가 모르냐고요, 성녀! 어머니적인 여성! 알겠다 이거야. 그거 문제죠. 누가 아니래? 윤대녕 봐봐, 아주 지랄 살판이 났잖아요. 안 그래요? 근데 이건 경우가 다르지. 작가님, 안 그래요? 어떻게 정화연이 성녀야? 걜 보고 사람들이 괜히 바틀비, 바틀비 해요? 바틀비가 성녀냐고요. 애초에 정화연은 착하지도 않잖아. 착하다는 건 그건 a 생각이고. 그 빨은 한남 새끼. 그 개새끼가 그렇게 보는 것뿐이잖아. 근데 정화연이 착해요? 아뇨, 걘 하나도 안 착해. a한테 하는 것만 봐도 그래. 정화연이 뭐 a를 끌어안아주기를 해요 뭘 해요? 아 맞다! 맞네, 끌어안아주네, 끌어안아서 아주 바닥에 내다 꽂아버리지. 아주 뒤통수를 확! 이

렇게 후려친다고요. 문학은 언 강을 부수는 도끼여야 한
다! 한남의 굳은 대가리를 깨부수는…… 선생님, 제 말
이 틀려요? 갠 원래 그런 애니까. 지 꼴리는 대로. 지가
생각하는 선대로 사니까. 그런데 그게 어떻게 성녀야.
안 그래요?"

　누군가 말릴 새도 없이 쏟아져 나온 i의 일방적인 공
격, 혹은 주정을 들으며 나는 찰나, k의 얼굴에 떠올랐다
지워지는 표정들을 보았다. 감정보다는 연산에 가까운
표정들. 손을 뻗어 i를 진정시키며 옆에 앉은 학생들에
게 그를 재워주라 부탁하고, 동시에 예기치 못한 쪽에서
날아든 공격에 당혹감을 숨기지 못하는 피해자 여성에
게 민망한 미소를 지어 보내며 대신 사과를 전한 것은
모종의 연산이 결괏값을 도출하기 충분할 만큼 뜸을 들
인 후였다. 소동은 금세 가라앉았다. i는 얼마 안 가 기절
하듯 잠들었고, 몇 사람이 뒤늦은 웃음을 터뜨리며 i의
의견에 대해 떠들었지만 진지한 태도는 아니었다. 공격
을 받았던 여성 쪽도 그다지 유쾌해 보이지는 않았으나
k의 입장을 고려했는지, 아니면 더 애기할 가치가 없다
고 판단했는지 구태여 말을 덧붙이지는 않았다. k도 나
름대로 노력했다. 이전에는 학생들이 먼저 던진 질문에

만 수동적으로 대답하던 그는 인제 적극적으로 대화에
참여해 문학계와 출판계에서 떠도는 몇 가지 우스꽝스
러운 일화들을 늘어놓고 있었다. 주목을 받을 수밖에 없
는 위치이기도 했거니와 소설가는 소설가였는지, 생각
해보면 실없는 이야기였음에도 사람들은 금세 k의 이
야기로 빠져들었다. 어떤 인터뷰에서 줄곧 성심성의껏
대답하던 한 소설가가 마지막에 가서 실은 지금까지 한
모든 말이 거짓말이었다 밝힌 일화가 나왔을 즈음 대다
수 사람은 이미 이전의 소동을 완전히 잊은 듯 가벼운
분위기에 젖어 있었다. k가 어떤 황당한 농담을 던지더
라도 다 함께 웃음을 터뜨릴 자세들이었다. k는 이야기
끝에 덧붙였다.

"작가는 때로 자신이 의도치 않은 자신의 표정과 맞
서 싸워야 하는 사람입니다. 아니, 대체로 그렇지요."

무심결에 튀어나온 듯, 앞선 소동과 전혀 무관한 말
처럼, 뜬구름에 가까운 잠언처럼 k는 갑작스럽게 말했
고, 이내 가볍게 웃었다. 무대 위에서 의도치 않은 진지
함을 내비치곤 금방 제 실수를 인정하는 코미디언처럼.
이른 시각이었는데도 막차가 얼마 안 남았다며, 예의 i
에게 공격을 받은 여성을 포함한 몇 학생이 자리를 뜬

이후였다. 구역질처럼, 양치식물의 줄기가 목구멍을 타고 오름을 느꼈다. 줄기가 금세 입 밖으로 뻗어 나와 길고 날카로운 잎사귀를 피울 것 같았다. 어지러웠고 구토감이 들었다. 나는 서둘러 화장실로 뛰어갔다.

k가 내 쪽을 힐끗거리고 있었다.

*

정신을 차렸을 땐 건널목 앞이었다. k의 부축을 받은 채였다. 나는 정신을 차리고도 적잖이 머리를 굴리고서야 내가 그와 단둘이 이곳까지 왔음을 기억해낼 수 있었다. 언제부터 그런 자세였는지, 또 저 신호등은 언제까지 안 바뀌고 있을 생각이지? 내가 그것을 중얼거렸는지 아니면 그저 속으로만 생각했는지는 모르겠다. 어쨌든 정신을 차리고도 너무 오랫동안 k에게 몸을 맡기고 있었음은 확실했다.

"불쾌하셨다면 죄송해요. 제대로 걷질 못하시길래."

호들갑스럽게, 다소 거친 방식으로 그를 밀쳐내자 k

는 두 팔을 벌리며 뒷걸음질 쳤다. 공손한 목소리는 마치 자신이 정말 잘못했다 생각하는 듯했다. 나는 손사래를 쳤다.

"아니, 아니에요. 그냥 좀 놀라서……. 제가 많이 취했었나요?"

몸은 아직 비틀거렸고, 잠시 중심을 잡기 위해 허리를 숙인 사이 k의 얼굴이 밑으로 다가와 내 얼굴을 올려다보았다. 이번엔 내가 뒷걸음질 쳤다. 술기운에 풀어지긴 했으나, 기본적으론 날카로운 눈빛이었다. 나는 저 눈빛이 익숙하고, 그래서 우스웠는데, 그보단 무섭고 끔찍했다. k는 부드러운 미소를 지었다.

"아뇨, 좀 취하시긴 했는데, 벌써 정신 차리신 걸 보면 그렇게 취하시진 않았던 것 같네요."

"아아, 네."

내 대답은 어정쩡했고, k는 더 말을 잇지 않았다. k의 말처럼 점차 술이 깼다. 따라서 이 이상한 대치 상황이 어색해지고 있었다. 나는 황급히 건널목 쪽으로 고개를 돌렸다. 신호등은 여전히 빨간 불이었다. 높아 봐야 사오 층이 될 법한 건너편의 건물들 위로 희미하게 노을이 번지고 있었다.

"학생은 왜 끝까지 남으셨죠?"

갑작스러운 질문이었다. 너무 갑작스러워, 또 이제 와 생각해보면 이는 아직 다 깨지 않은 술기운 탓이 컸겠으나, 나는 처음에 그것이 정말 k가 한 말인지도 알 수 없는 없었는데, k를 돌아보자 그가 한 말이 맞는 것 같았다. 나는 잠시 고민한 후 되물었다.

"그게 무슨 말씀이신지……?"

"아아 제가 설명이 부족했군요. 그러니까…… 왜 남으셨냐는 애깁니다. 왜냐하면 학생은…… 절 별로 안 좋아하지 않습니까?"

k는 작게 웃었다. 모두 안다는 듯이 말해 오히려 아무것도 알지 못함을 적나라하게 드러내는 미숙함. 도무지 의도된 것처럼 보이지 않는, 그답지 않은 행동이라 생각했고, 놀랍게도, 이때 k는 정말 아무것도 모르는 것처럼 보였다.

"저어, 선생님…… 혹시 저 기억하시나요?"

*

k는 기억한다고 대답했다. 잘 기억한다고, 모를 리가 없지 않냐고 크게 웃음을 터뜨렸다. 많이 취한 것 같다 덧붙였다. 그래서 나도 웃으며 역시 그러냐고, 정말 많이 취한 것 같다고 대답했다. 정말 역시 그러한 게 분명하다고. 그러나 만약 그때 k가 달리 대답했다면 어떻게 되었을까? 나는 가끔 생각해본다. k가 내 눈을 진지하게 바라보다가, "아니요, 기억나지 않네요."하고 대답했다면…… 이때 내가 했을 말을 나는 아주 잘 안다. 오랫동안 고민했으므로…… 나는 오랫동안 유심히 다듬었다. 조금이라도 의도에서 벗어나지 않게, 너무 과하거나 부족해 하고자 했던 말이 제대로 전달되지 않는 일이 없도록 재차 수정을 거쳤다. k, 당신은 정말 기억나지 않느냐고…… 오래전, 당신에겐 특정되지 않는 하루 중 하나였을 그날에 스쳐간 이 얼굴이 기억나지 않나. 정화연이 되지 못한 얼굴, 혹은 도달하지 못한 이 얼굴을 당신은 정말 한 번도 기억해보려 한 적 없나. 출구 없는 착굴을 지속하던 당신이 끝내 정화연에 도달하기까지, 당신과는 다르게 모종의 도달을 상상할 수 없었던 얼굴들. 그럴 틈이, 여유가 없었던 얼굴들. 여유를 상상할 수 없었던 얼굴들. 오랜 시간 동안, 바로 당신이 견디었을 무

수한 얼굴 중 하나. 아아, 정말이지 당신이 힘겹게 견뎌 내었을. 이것을 정말 당신은 알지 못하나. 모른다 대답 할 수 있나. 왜…… 왜 당신에겐 그럴 권리가 주어져 있 나. 모른다 대답할, 모를 권리가. 이 나의 얼굴을, 미안하 지만, 정말로 모르겠다고…… 왜? 나는 다르다. 똑똑히 보았다. 당신의 얼굴을. 또한 기억하고, 기억할 수밖에 없었고, 또 그 속에서 보았던 것을 마찬가지로…… 기억 한다. 왜? 당신의 얼굴은 당신의 얼굴이었다. 옆으로 살 짝 기운 고개와 단단히 당겨 올려진 입꼬리, 무언가 '알 고 있다'는 듯한 냉소. 아니 이는 사실인가. 내가 본 것 은 정말 그런 표정이었나. 시간이 흘러, 어떤 문학상 수 상집에서 전혀 다른 표정을 한 당신을 보았을 때, 나는 거기서 당신의 얼굴을 읽어낼 수 있었으므로, 알아보았 으므로, 그런 표정조차 정말 있었나 하면, 당신의 얼굴 은 그저 당신의 얼굴이었다. 내가 그저 나였듯이. 그러 므로 당신은 정말 정화연을 보았나. 어디서, 그의 얼굴 을 보았나. 당신이 강의 서문에 적었듯, 정말 보았던 것 만을 썼나. 그렇다면…… 혹은 그렇지 않다면 당신은 누 구의 얼굴을 보고, 또 다르게 보았나. 왜? 하고, 나는 오 랫동안 얘기하고 싶었다. 문학상 수상집에서 당신의 얼굴을 알아보았을 때부터. 그러나 당신은 기회를 주지 않았다. 해맑은 얼굴로 잘 기억한다, 모를 리가 없으며 앞으로도 오래 기억할 거라 얘기했다. 수업이다 보니 심하게 말했으나 학생 글엔 재밌는 부분이 꽤 많았다고. 우리 꼭 동료로 다시 만나자고. 진심이 담긴 얼굴이었다. 정말이지 역겨운 진심이 담긴…… 그럼 나는 어떻게 대답했나. 기쁘다, 다름 아닌 당신에게 그런 말을 들어 기쁘다 대답했다. "마음에 없는 말을 정말 잘하시는군요." 당신은 농담처럼 말했고, 이때 그건 정말 농담 같다. 자신을 마음에 들어 하지 않는 학생에게 걸 법한, 하지만 인제 우리는 같이 술도 마셨고 몸도 조금 부대꼈으니 이 정도 농담은 주고받을 수 있지 않느냐고 가볍게 건넨 화해의 제스처 같았다. 그러므로…… 나는 이제 가끔 의문이 든다. 과거 L사의 패스트푸드점에서 만난 당신은 정말 내 기억처럼 특별했나? 환멸은 이미 내 곁에 있었다. 오래된 일이다. 일을 시작하고 이 년여 시간 정도가 흘렀을 무렵, 업무가 끝나고 별달리 갈 곳이 없어 사무실에 앉아 있다 보면 매장의 매니저들이, 특히 친했던 p 매니저 따위가 다가와 은근슬쩍 이런 얘기를 꺼내고 "생각해봐, 응? 너 지금 이거 너무 무의미하다. 아니 그러니까 니가 지금 우리 매장엔 진짜 도움이 크지. 그건 맞아. 그런데 내 말은 네 미래에, 네가 앞으로 헤쳐나갈 것들에 도움이 안 된다고. 이 년, 그래 이 년 했지, 리더도 달았다? 그리고 네 실력이면 이제 곧 바이스 시험 보라 하겠지. 그런데 그게 무슨 소용이냐? 응? 솔직하게, 딱 까놓고 말해보자고. 해봐야 알바잖아? 너, 생각해보라고. 너도 이제 슬슬 나이 차는데, 나이 차면 이거 그만두고 나가서 취업해야 할 거 아냐. 그럼 너 거기 회사 면접 가서 저 롯데리아 바이스였어요 할 거야? 까놓고 말해서 말이야, 임마. 일하면서 맘대로 뭐 하나 하지도 못해, 만날 스태프, 매니저한테 까이기나 해, 솔직히 얼마나 좆 같냐? 걔들 중에 니만큼 일하는 애 몇이나 있어, 안 그래? 내가 다 안다. 나도 다 당해봐서 알아. 그러니까 하는 얘기 아니냐, 새끼야. 형이 아르바이트로만 오 년 굴렀잖아, 알지? 스태프, 처음엔 그냥 스태픈데, 솔직히 이건 그냥 시다지. 근데 진짜 넌 경력도 많고 실력도 되니까 매니저 금방이다? 그럼 네 친구들 다 취업 걱정할 때 넌 여기 익숙하고 편한 데서 일하면서……" 나는 또 한 아이에게 "……그럼 너도 좀 일하는 느낌이 달라질 거야. 솔직히 지금 지친 거 알지, 아는데, 조금만 참으면 이 년이니까, 이 년만 채우면 바로 리더 달아. 별거 아냐. 나 보면 알잖아. 내가 뭐 특별한 게 있냐? 그냥 붙박이 잘한 거지. 나만큼 일하면 이 정도는 다 해. 안 믿겨? 구라 같지? 근데 이거 다 매니저님한테 직접 듣고 하는 얘기다. 그러니까 좀만 참자, 응? 리더만 달면, 네가 그만둬도 딴 데서 똑같이 리더로 일할 수 있어. 그럼 얼마나 편하냐? 그땐 그만둬도 아무 문제가 없어요. 안 그러냐? 처음부터 시급도 더 세고, 누구 밑에서 안 굴러도 되고." 말하자면 환멸은 이때, 녀석의 표정을 보았을 때 시작됐다. 알겠다, 나의 말을, 이 형의 말을 듣고 보니 정말 그것도 나쁘지 않겠다고 말하는 듯한 녀석의 표정을 보며 나는 무슨 생각을 했나. 몇 주 뒤 매장 앞 테라스에서 가래에 들러붙은 담뱃재를 빗자루로 쓸고 다시 그 빗자루로 홀의 자잘한 쓰레기를 쓸어 담던 중, 성취해냈다는 기쁜 얼굴로 주방 안쪽 계단을 내려오던 녀석, 리더급 이상만 쓸 수 있는 모자를 월계관처럼 쓴 녀석을 보았을 때, 아니 실은 그보다 더 오래전, 일자리를 찾아 L사의 패스트푸드점에 발을 들였을 무렵부터, 환멸은 이미 도래해 있었다. 먹고 살기 위해 무언가 해야만 한다는, 살기 위해 또 무언가에 적응해야만 한다는 그 영원

한 모멸감에서……. 그렇다면 k는 뭐였나? 무엇이 나로
하여금 k를 특별히 기억하게 했나? 나는 특별히 집요하
고, 특별한 방식으로 하지 않아도 될 업무를 요구했던,
L사의 패스트푸드점에서 일할 때 만났던 얼굴들, 또 그
전후로도 수없이 마주쳤던 모종의 얼굴들을 아직도 기
억한다. 너무나 특별하여 조금도 특별하지 않은, 더없이
보편적인, 하나의 이목구비로 수렴되는 얼굴들. 이유 없
는 악의로 가득 찬…….

　"이게 생각만큼 제대로 안 담기네요."

　k는 불쑥 내게 핸드폰 화면을 내밀었다. 화면엔 건너
편의 건물들이 역광에 가려 검고 장벽처럼 긴, 윗면이
고르지 못한 실루엣을 이룬 모양으로 찍혀 있었다. 화질
이 나쁘지 않아 자세히 보면 실루엣 안으로 희미한 형
태들이 구분되었으나, 그게 전부였다. 아래쪽 모서리가
어둠에 묻힌 조악한 창문 몇 개, 음영의 미세한 차이로
어렴풋이 감지될 뿐인 건물 간의 경계, 마치 지붕을 뚫
고 뻗어 나온 것처럼 보이는 넓고 앙상한 수관, 그리고
허공에 떠 우리의 진입을 막고 있는 붉은 외눈.

　"그건 그래도…… 꽤 아름답지 않습니까?"

　나는 k가 핸드폰 화면과 풍경 중 무엇에 대해 말한 것

인지 알아듣지 못했고, 알아듣지 못한 채로 잠시 정말
그렇다 아름답다 생각했는데, 그것이 내내 부끄럽고 불
쾌했다.

요정 이야기

난 당신이 생각하는 것처럼 미친
사람이 아니라오. 난 내가 존재
하지 않는다는 걸 잘 아오.*

저나 제 동료들이 어쩌다 이런 꼴이 되었는지에 대해
서는 여러 가지 얘기가 많지만 말입니다―대관절 남의
얘길 하길 좋아하는 것이야말로 당신네의 변하지 않는
특질 아니겠습니까―, 무엇이 진실인지에 대해선 실은
저도 아는 바가 없습니다. 원래 모든 생물이란 것은 제
탄생에는 참으로 무지하기 마련이죠. 세상을 처음 보았

* 아고타 크리스토프, 『아무튼』, 용경식 옮김, 현대문학, 2005.

을 때라거나 눈부시게 환한 빛이라거나 말이야 잘들 하지만, 알게 뭡니까, 처음 쏟아졌던 게 달빛 하나 섞이지 않은 깊은 어둠이었든지, 어릴 적에 당신네의 부모 작자가 당신네를 주웠다던 다리가 정말로 어딘가의 교각이었든지 말입니다. 아, 이건 지금 세대 얘기가 아니던가요? 뭐 그렇지만 그럴듯한 버전이 몇 없는 건 아닙니다. 내전이 한창이던 저 먼 반도에서 동화를 좋아하던 한 여자아이가 사연 많은 석판 안에서 기어 나온 낯선 곤충 한 마리를 보고 그만 저희를 상상해버렸다던가, 딸자식을 재우려 이야기를 고심하던 여자가 때마침 불빛을 좇아 창가에 들러붙은 커다란 나방을 보고 거기 제 딸자식의 몸을 덧씌워 저희를 창작해냈다던가 하는 것들 말입니다. 물론 그럴듯한 구석이 있다 해서 믿을 만하다는 얘기는 아닙니다. 요컨대, 오히려 진실이란 대개 그럴듯함과는 친하지 않지요. 차라리 신을 신이게 하는 유일한 권능에 도전했던 한 정신 나간 물리학자가, 기어코 알아낸 권능의 비밀을 시연할 송장을 구하기 위해 한 장의사에게 거래를 제안하다 면박을 당하고는, 홧김에 제집 바닥에 말라 죽어 있는 파리 한 마리에게 최초의 기적을 행한 것이 저희의 시초였다는 얘기가 더 믿을

만할지도 모릅니다. 그랬다면 물리학자는 이제 막 습하
고 빛 하나 들지 않은 나무판자 위에서 첫울음을 터뜨
렸을 뿐인 제 피조물의 귀에다 대고 곧장 날아가 자신
을 방해한 청렴한 일꾼의 귓속을 쑤셔 헤집어버리라는
명령을 내렸을 겁니다. 말하자면 태초에 말씀이 있었다,
그런 얘깁니다. 그리하여 그날 밤 물리학자는 자신이 본
래 목적했던 피조물을 만들어내기 위한 재료를 아무 방
해 없이 구해낼 수 있었겠죠. 죄 없고 가련한 이의 귓속
을 파헤친 무덤 꼴로 만든 제 조상이 그 후로 어떻게 후
손을 이어나갔는지야 알 수 없는 노릇이나, 실상 그건
어느 버전이라도 마찬가지 아닙니까? 애당초 당신네가
관심 있었던 것도 그런 부분이 아니죠. 당신네, 저희에
대해 떠드는 작자들의 흥미를 끄는 건 그런 것보단 저
희의 생김생김이었습니다. 저네를 꼭 닮은 작은 몸에 곤
충의 날개가 한 쌍 달린 귀엽고 자유로운 몸. 마치 벌새
처럼 쉴 새 없이 날개를 파닥거리면서도 두 손 두 발을
자유자재로 움직이며 재간을 떠는 게 그네가 떠들기 좋
아하는 모습 아닙니까? 어떠신가요, 당신이 생각하시기
엔 말입니다. 날개를 경험해봤을 리 없는 당신네한테는
잘 실감 가지 않는 얘기겠으나 비행이란 실은 추락의

연장입니다. 한껏 웅크린 몸으로 날개를 활짝 펴 조금씩
추락을 지연시키고 밀려드는 바람을 타 다시 한번 솟아
나고, 이따금 날갯짓으로 자세와 고도를 고쳐 잡는 겁니
다. 이를 부지런히 반복하다 보면 어떤 새는 대륙과 대
륙을 오가는 웅장한 비행을 해내는 거지요. 허공의 꽂힌
핀처럼 동일한 좌표를 유지하는 벌새의 경우에는 그 메
커니즘이 조금 더 단순합니다. 추락과 상승의 쉼 없는
반복. 그렇기에 벌새는 하루의 비행을 유지하기 위해 더
많은 먹이를 찾아다녀야 한다고 했던가요? 요컨대 비행
이란, 참으로 고된 일이라는 얘깁니다. 날개가 달려 있
다 해도 말이죠. 한데 그런 고된 노동을 하며 두 손과 두
발을 움직여 재롱을 떠는 모습이라니, 저나 저의 동료들
이 하루 대부분을 땅에서 보낸다는 사실에 새삼 놀란다
면, 그것은 당신이 다른 존재의 삶에 얼마나 무관심했는
지 증명하는 것에 불과합니다. 당신의 동료들처럼 말이
죠. 네, 바로 증오스러운 그들 말입니다……. 혹시 당황
스러우셨을까요? 그러나 이해해주시기 바랍니다. 이런
편지를 쓰기로 마음먹은 이상 뭘 더 숨길 게 있겠습니
까? 당신에게 무언가 억하심정이 있는 건 아닙니다만,
어쩔 수 없는 일이죠. 당신은 그저 편지를 받는 사람일

뿐이고, 당신이 그럴 것이듯 저는 당신이 누군지도 모릅니다. 아마 당신은 어쩌다, 가늠할 길 없는 우연의 작용으로 이 편지를 받게 되었을 것이고, 지금 당신이 느낄 막연함은 아마 편지를 쓰는 이 순간 제가 느끼는 그것과 별반 다르지 않으리라 생각합니다. 당신네가 어떤 누구도 아닌, 다만 어떤 저희에 대해 얘기하듯이, 저도 그렇게 쓰고 있으니까요. 당신은 배달 불능 편지를 취급하는 우체국의 말단 직원일 수도, 아니면 파쇄기 바로 옆자리에서 근무하는 출판사 직원일 수도 있겠지요. 어쩌면 매번 깜빡 잠이 들었다 깰 때마다 무슨 영문인지 그날 치의 작업량이 깔끔한 솜씨로 처리되어 있음을 발견하게 되는, 어리둥절한 구두공일지도 모릅니다. "요정의 장난"이라고 표현하던가요? 편하시다면 그렇게 받아들이심도 나쁘지 않습니다. 어떤 장난은, 다른 방식으로는 도무지 채굴할 수 없는 진실을 상대의 눈앞에다 가져다 놓기도 하니까요. 당신네가 아이들을 찬양하고, 또 찬양하는 척하며 두려워하는 것은 이 때문 아닙니까? 그들의 장난기를 사랑스러워하면서 "어른에게 함부로 장난치는 거 아냐!"라고 호통치는 당신네의 이중성은 거기에 기인하지 않습니까? 아, 하지만 오해하지 않으셨으면 합니다. 저는 저희를 당신네의 아이들과 동일시하려는 것이 아닙니다. 당신네는 쉽게 그런 동일시의 함정에 빠지곤 하죠. 늘어진 마네킹의 옷들을 보고 매장 안쪽을 모두 둘러보았다고 믿듯 당신네는 당신네의 아이들이 쉽게 저희를 발견한다는 점에서, 또 둘 다 당신네의 부피에 미치지 못하는 존재라는 점에서 두 집단을 간단히 합쳐버리곤 합니다. 쉽게 "요정 같은 아이들"이라고 말하지요. 우습지 않습니까? 동화를 좋아해 현실과 동화의 경계를 잃어버린 여자아이의 이야기와 딸자식을 재우려 새로운 이야기를 골몰하는 여자의 이야기가 실은 전혀 다른 진실을 가리키듯, 당신네의 작은 아이들과 작은 저희 역시 완전히 다른 존재들입니다. 다른 장난이죠. 저는 이따금 두 팔을 파닥거리면서 계단을 뛰어 내려오는 당신네의 아이들을 보곤 합니다. 날갯짓을 흉내 내며, 추락을 지연시켜 비행을 이룰 수 있다는 듯이 허공을 휘적거리는 그네를 보며…… 당신네는 자신의 '잃어버린 날개'에 대해 생각하겠지요. 이해 못 할 바도 아닙니다. 그땐 태양 근처를 날아도 된다고 생각했지, 태양 근처를 나는 일이 전혀 이상하게 여겨지지 않았지, 하고 함부로 회상하는 당신네를 말입니다. 모든

언어를 연약한 상징의 틀로밖에 이해하지 못하는 당신
네라면, 충분히 그럴 만합니다. 그러나 저는 그럴 수 없
습니다. 제가 아이들을 보며 떠올리는 건 보다 실질적인
무엇이죠. 날개 없는 삶. 조금도 비행의 가능성을 생각
하지 않은 채 비행을 흉내 낼 수 있는 자유에 대해 저는
가늠해봅니다. 계단을 상상할 수 있는 삶에 대해…… 당
신은 상상해본 적 있습니까? 저는 계단이라는 단어를
배우는 데조차 많은 시간이 필요했습니다. 일정한 간격
으로 이어지는 절벽들을 일컫는 이 단순한 단어를 이해
하는 일은, 저에겐 가로등이 땅 밑에 묻힌 도심의 텅 빈
도로를 구태여 날아 관통하는 일만큼이나 난처하게 여
겨졌으니까요―인제 당신도 이 난처함의 의미를 이해
할 수 있게 되었길―. 존재할 수 있지만 존재할 필요가
없는 그 기묘한 지형에 이름이 있다는 사실은, 그것을
완전히 이해한 뒤로도 오랜 여운을 남겼습니다. 존재할
수 있지만 존재할 필요가 없는 절벽들이 제 생애를 수
없이 가로막을 것임을 알게 되기 전부터. 네, 그래서, 그
때부터였는지 모릅니다. 당신네의 언어를 배워야겠다
는 마음을 먹은 건 말입니다. 밝혀두어야 할 것은, 저처
럼 그것을 따로 학습한 경우가 아니더라도 저의 동료들

은 대개 당신네의 언어를 어느 정도 사용할 줄 안다는 사실입니다. 당신네와 어떤 연을 맺고 있는지와는 완전히 별개로, 살아가는 데 있어서 그것을 모르는 쪽보다는 아는 쪽이 더욱 수월했으니까요. 하물며 제 앞을 가로막은 굶주린 고양이를 쫓아내어 그들의 먹이를 훔쳐 오는 데에도 그것은 쓸모가 있었죠. 하지만 달리 말해 그 정도가 전부였습니다. 살아가는 데 수월함을 보장해줄 정도. 나열된 각기 단어를 읽고 그것들의 합이 결과적으로 지칭하는 의미를 유추할 줄 알지만, 나열의 규칙에 대해서는 무지한, 따라서 누군가는 같은 단어들의 합이 전혀 상반되는 의미를 생성하기도 한다는 사실을 알지 못해 결정적인 위기에 처하기도 하는, 딱 그 정도. 대관절 이런 순간이 아니라면 제가 언제 당신네의 글자를 써보겠습니까? 그렇다고 제가 이 편지를 쓰기 위해 당신네의 언어를 배우기 시작했다는 얘기를 하려는 건 아니죠. 만약 그랬다면 저는 제 들끓는 감정들을 풀어낼 글자를 손에 익히기도 전에 한없이 익숙하면서도 낯선 언어의 소용돌이 속에 갇혀 편지의 첫 줄을 시작조차 하지 못했을 겁니다. 그림을 감상하는 일과 그리는 일이 다르듯 어떤 언어를 감지하는 일과 이를 이해하고 사용하는 일은 완전히 달랐죠. 심지어 저에겐 저 먼 나라의 빨간 흉터를 가진 원숭이처럼 눈과 귀로 온갖 지식을 쏟아부어 줄 도우미들조차 없었어요—물론 제 삶을 당신네의 서커스의 일부로 만들고 싶은 생각은 추호도 없었으니, 그런 기회가 있었더라도 저는 단호히 거절했을 겁니다—. 아무도 저의 하찮은 탐구에 관심을 보이지 않았습니다. 저는 다만 호기심에 의지해—단언컨대 호기심이야말로 가장 위대한 원동력 중 하나입니다, 호기심은 석탄처럼 강하죠— 혼자 그 일을 해냈던 겁니다. 아득한 세월을 잡아먹는 일이었죠. 네, 이건 비유가 아닌데, 정말로 아득한 세월을, 잡아먹었던 겁니다. 지금 당신께 제가 쓰는 이 편지 역시 저의 아득한 세월을 잡아먹고 자라난 한 마리 거대한 생물의 일부입니다. 기관차처럼 호흡하고, 편지가 쓰이고 있는 이 테이블 위로 자꾸만 더러운 군침을 흘리는 괴물 말입니다—제가 바로 이 군침에 펜촉을 찍어다가 편지를 쓰고 있다고 한다면 믿으시겠습니까?—. 괴물, 이 녀석의 존재를 깨닫게 된 것은 제가 막 당신네의 언어를, 그러니까 그 형태를 어느 정도나마 흉내 낼 수 있게 되었다고 생각하게 된 즈음이었습니다. 이제 와 그때의 결과물들을 들춰보면 그건 활자라기보단 도형에 가까웠으나, 당시로서는 놀라운 발전이었습니다. 이제 막 먼 길을 떠나기 위한 걸음마를 뗀 순간이었죠. 그리고 이때부터, 녀석, 당신네의 언어, 혹은 저의 언어는 거기 제 등 뒤에서 미약하게나마 숨을 쉬고 있었던 거죠. 폐허가 된 옛 저택에 들어섰을 때처럼, 눈에는 보이지 않으나 분명 거기 무언가가 잠들어 있음을 감지해내는 방식으로, 저는 녀석을 느꼈으나 당시 저는 제 오랜 노력의 결과물을 탐미하는 데 정신이 팔렸던 터라 제 등으로 내려앉는 그 미약한 숨결이 도무지 위험하게 여겨지지 않았습니다. 문제는 녀석이 점차, 이미 그것을 깨달았을 땐 어찌할 방법이 없을 정도로 빠르게 성장해갔다는 데 있었죠. 당신네의 언어를 이해하기 위해 벌이는 모든 노력들, 그 노력의 결과물들을 하나씩 하나씩 천천히 집어삼키면서, 숙주의 꿈을 삼키며 자라나는 동물 맥처럼, 녀석은 무럭무럭 자라났습니다. 형태를 갖추기 시작했죠. 저는 알아차릴 수 있었습니다. 제가 배우고 쓰고 있는 모든 당신네의 언어가 녀석과 구분 지을 수 없는 무엇이라는 것을 말입니다. 제가 새로 단어를 발견했다면 그것은 녀석에게 새로운 장기가 하나 생겨나는 것과 같았고, 어떤 글을 쓴다면 녀석의 뱃가죽 안쪽에 소화되지 않는 음식물이 그득하게 찬 내장의 지도를 그리는 것과 같았습니다. 하지만 저는 무시했죠. 녀석이 점차 당신네의 어떤 얼굴—최소한의 개별적인 구체성도 그려낼 수 없는, 어떤 누구도 아니고, 다만 선험적으로, 당신네의 일부라고만 말할 수 있는 그것을 무어라 불러야 할까요……, k, k는 어떨까요? —을 닮아감을 알았지만 이제 막 두 팔다리가 돋아나 아기처럼 바닥을 기어 다니던 녀석처럼 저의 불안 역시 아직 위협으로까진 느껴지지 않았을 때니까요. 네, 요컨대 당시 녀석, 그러니까 k는 아기에 불과했습니다. 겉모습으로나 속 알맹이로나 말입니다. 완전히 사육당해 비대해진 몸뚱이로 느적느적 바닥을 쓸고 다니는 고양이처럼 굼뜬 생김이었죠. 이따금 재채기처럼 옹알이—아, 어찌 그런 끔찍한 소음에 그처럼 말랑말랑한 이름을 붙일 수 있는지 저는 아직도 당신네의 끔찍한 작명 감각에 놀라움을 금치 못합니다—를 뱉어대는 k…… 무력하고 방향성 없는 몸짓을 보이는 것 외에는 아무것도 할 줄 모르는 이 나태한 괴물이 실은 아주 명확한, 단 한 가지 욕망만을 가진 채 움직이는 정교한 자동기계였다는 걸, 당신이라면 상상할 수 있겠습니까? 당신네의 아기들이 그렇듯 말입니다. k, 실은 아직 어떤 이름을 붙이기엔 어색함이 많은 이 작은 괴물은 눈에 보이는 모든 것을 입안에 집어넣으려는 단 한 가지 목적의식에 충실한 자동기계였습니다. 처음엔 오직 저의 결과물들을 탐식할 뿐이었습니다. 오래가지 않은 편식이었죠. 시간이 지나자 이 자동기계의 욕망은 더 많은 것들을 향해 움직이기 시작했습니다. 엉망으로 뭉개놓은 점토 같던 손발이 비교적 제 형상에 가깝게 변해, 움직임이 보다 자유로워졌을 즈음이죠. 그날 저는 오랜 연구에 지쳐 잠시 깊은 잠에 빠져 있었습니다. 당신네의 언어로 이루어진 탑을 오르는 꿈을 꾸고 있었어요. 어딜 가나 마주 보고선 두 개의 거울을 볼 수 있었던 이상한 탑. 탑을 오르는 내내 어떤 글자를 쫓았던 저는 잠에서 깨어나기 직전에야 실은 제가 글자에게 쫓기고 있다는 사실을 깨닫게 됩니다. 악몽에 시달린 것처럼 식은땀에 젖은 채 잠에서 깨면서 말이죠. 그러나 이상할 정도로 진정되지 않는 두근거림을 가라앉히기 위해 저는 충분한 시간을 투자할 수 없었습니다. 어떤 낌새 때문이었습니다. 정확히는 분명 있어야 할 어떤 낌새가 느껴지지 않았죠. 저는 그 순간 불안이란 그처럼 갑작스럽게, 내내 경계 지을 수 없

는 모호한 실루엣만 보여주다 불쑥 얼굴을 내미는 안개
속의 존재처럼 제 구체적인 형상을 드러내기도 한다는
걸 알게 되었습니다. 튕겨 나가듯 방을 나간 뒤로는 한
번도 쉬지 않고 직감이 가리키는 방향을 따라 한참을
뛰어갔습니다. 도착한 곳은 오랫동안 꺼지지 않은 불이
입구를 장식한 거대한 공원이었죠. k는 입구 근처 벤치
아래서 무언갈 하고 있었습니다. 벤치에는 연인으로 짐
작되는 당신의 두 동료가 앉아 경악과 조소, 환멸이 섞
인 표정으로 녀석이 하는 짓거리를 관찰하는 중이었죠.
당신네를 마주칠지도 모른다는 게 껄끄러웠지만 저는
불안을, 이미 확신으로 변해버린 불안을 외면할 수 없었
습니다. 다행히 k가 하는 일을 자세히 보기 위해선 그리
많은 접근이 필요치 않았죠. 거기 예상할 수 있는 불행
이 기다림에도 단지 아직 그것을 확인하지 못했다는 사
실 때문에 어쩔 수 없이 문을 열어야 하는 희생자의 연
인처럼, 저는 한 발 한 발 발을 내딛는 사이 뻣뻣하게 굳
어 주저앉아 있는 날개를 타고 한동안 잊고 지냈던 촉
각이 깨어남을, 기분 나쁜 저릿함이 타고 오름을 느낄
수 있었습니다. k가 이제 막 제 동료의 날개를 뜯어내고
있었던 것은, 말하자면 전혀 우연의 일치가 아니었습니

다. 당신네가 찬양해 마다하지 않던 자유의 상징, 저처럼 오랫동안 제대로 관리해주지 않아 바싹 마른 채 아무렇게나 구겨져 있던 이름 모를 동료의 그것을 k는 말린 밀가루 반죽처럼 뜯어내 입안으로 집어넣는 중이었습니다. 맛을 음미하는 표정으로 한참을 제 손가락과 함께 뜯어낸 날개 조각을 빨던 k는 이내 일그러진 표정으로 퉤 퉤 하고는 젖어 산산하게 조각난 날개를 바닥에 뱉어냈죠. 끈적끈적한 침과 함께. 저는 온몸이 굳어버렸습니다. k를 관찰하던 당신의 두 동료는 야유했죠. 또 이런 말도 덧붙였습니다. "어우, 아가야. 지지야, 지지." 저는 그제야 그들, 당신의 두 동료가 자연스럽게 녀석을 대하고 있음을, 공원에서 마주친 부모 없는 아기를 대하듯 행동하고 있음을 눈치챘습니다—한 명이 다정한 눈길로 k를 내려보며 은근히 말을 걸어보는 사이 다른 한 명은 부모를 찾는지 주변을 두리번거리면서—. 뒤늦은 깨달음이었으나, 혼란스러운 상황이었으니 어쩔 수 없었죠. 혼란은 쉽게 판단력을 흐리고, 또 다른 혼란을 아무렇지 않게 받아들이도록 만들지 않습니까? 아무려나—그래요, 그때 저와 k는 '아무려나' 정도의 관계를 가진 존재들 같았습니다— k는 그들의 말에 귀를 기울이지 않았죠. 의도적인 무시였는지 어떤지는 알 수 없었습니다. 겉으로 보기에, k는 완벽한 아기의 형상을 했고, 제 할 일에 몰두하고 있었거든요. 자동기계처럼, 자신에게 주어진 피조물을 하나씩 하나씩 해체해가며 음미하는 일이었죠. 잠시 그대로, 어쩌고 있다는 자각도 없이 k의 골몰한 작업에서 눈을 떼지 못했던 저는 이내 구역질을 참지 못하고 그 자리를 도망쳐 나왔습니다. 두려움과 의문이 불안의 두 다리처럼 뒤를 쫓았지만, 저는 한번도 뒤를 돌아보지 않았습니다. k는 밤이 되어서야 돌아왔죠. 이때 저는, 당신이 이를 어떻게 생각하실지 모르겠으나, 다시 연구에 몰두하고 있었습니다. 어떤 생각이나 판단보다 앞서, 마치 혼란스러운 마음을 진정시키기 위해 자연스럽게 평소 즐겨 하던 취미 활동으로 눈을 돌리듯, 우습게도 그것이 도피인 양 펜과 종이를 집어 들었던 거죠. 한심스럽지만, 저는 정말로 그 일을 통해, 테이블을 적신 끈적한 침을 펜촉에 묻혀 종이 위에 누군가의 문장을 옮겨 적으며 잠시 k를 잊을 수 있었습니다. 꺼지지 않는 불이 있는 거대한 공원에서 목격한 일이 마치 k가 아닌 당신네의 다른 아이가 벌인 일인 듯, 그것이 저와는 전연 무관한 책 속의 이야기였다는 듯 아무렇지 않게 말입니다. 그 탓에 기어 오는 k의 낌새를 느꼈을 땐 그만 숨이 멎을 뻔했죠. 그러나 예상했던 일은 일어나지 않았습니다. k는 평소처럼 제 등 뒤에 바짝 붙어, 이제 막 이가 돋기 시작한 입을 헤 벌리고는 제 얼굴 위로 역겨운 군침을 흘렸습니다. 마치 자신의 관심사는 줄곧 제 연구의 결과물들이었다고 주장하듯. 편지를 써야겠다 마음먹은 건, 그처럼 반쯤 정신이 나간 상태로, 그러나 한편으로는 멈춤 없이 눈에 띄는 성과들을 이뤄내며 연구에만 매달려 몇 달을 지내던 중이었습니다. 이후로도 몇 번 제가 곯아떨어진 틈을 타, 나중에는 그런 규칙마저 무시한 채 k가 바깥으로 나가는 것을 눈치챘지만, 이번엔 k의 뒤를 쫓지 않았죠. 저는 아무것도 보지 않았습니다. 아무것도 상상하지 않았죠. 대관절 뭘 상상할 수 있었겠습니까? k가 당신네의 여느 아기와 다름없는 모습으로 공원을 어슬렁거리다가 걱정과 호기심 어린 시선을 받는 모습을? 아니면 굶주린 짐승처럼 저의 동료를 짓밟고 날개와 살점을 하나씩 뜯어 제 입 안에 넣고 신중히 굴리는 모습을? 여기서 한 가지 밝혀두자면, 저는 잠결에 몇 번 두 손으로 벽에 짚은 녀석이 두 다리를 교차해가며 방을 돌아다니는 모습을, 마치 음산한 의식을 하는 이교도들처럼 불길한 몸짓으로 흔들흔들 벽을 타고 일렁이는 k의 그림자를 보았습니다. 도대체가 한 가닥씩 머리 위로 솟아나는 녀석의 털을 지켜보며 제가 무슨 미래를 꿈꿀 수 있겠냐는 얘깁니다. 저는 아직도 때때로 마주 보고 선 두 거울의 탑을 꿈꿉니다. 위로도, 아래로도 탑은 끝이 없습니다. 저는 한없이 달릴 뿐이죠. 단어를 쫓는 것이 아니라, 단어에게 쫓기고 있음을 깨달은 후에도 달라지는 것은 없습니다. 계단은 나선형이에요. 일정한 간격으로 이어지는 무한한 절벽들. 무한한 계단참은 무한한 복도와 서재를 열매 맺힌 가지처럼 뻗고 있습니다. 따라서 저는 항상 어떤 서재로 이어지는 길에서, 혹은 어떤 서재에서 멀어지는 길에서 잠 깨게 되는데, 제가 앉아 편지를 쓰는 이 방은 언제부터 저에게 주어져 있었나요? 저나 제 동료들이 어쩌다 이런 꼴이 된 지에 대해서 저는 아는 바가 없습니다. 다만 오래 고민하다 보면 언제나 한 가지 순간을 통과하게 됩니다. 처음으로 계단이라는 단어를, 그 음험한 지형을 마주친 순간. 왜? 왜 날지 않고 걸어야 하지? 단언컨대 호기심이야말로 가장 위험한 원동력 중 하나입니다. 호기심은 석탄처럼 강하죠. 저는 이 편지가 끝끝내 어떤 당신에게도 가닿지 못하리라는 것을 압니다. 그러므로 혹여나 제가 이 글을 쓰는 동안 당신에게 범했을지 모를 실례를 너그러이 용서해주셨으면 합니다. 그도 그럴 것이, 당신 역시 저의 간절한 편지에 대해 실례를 범한, 온당치 못한 청자가 아닙니까? 누구에게도 발송될 기회가 없었던 편지를 함부로 펼쳐본…… 그렇지 않은가요? 요컨대 이것은 오발을 향해 겨눠진 불가능한 총구입니다. 당신이 저의 당신일 수 없기에, 제가 쓰는 것은 모두 상정될 수 없었던 미래일 따름입니다. 하여 저는 다만 씁니다. k, 저 흉물스러운 괴물이 자라나, 정말이지 당신네의 "요정 같은 아이"가 되는 미래를. 이때 k는 부모가 모두 집을 비운 사이 두 팔을 날개처럼 퍼덕거리며 제집의 다락방을 오르내리는 아이입니다. 다른 누군가의 날개를 입에 넣는 일 따위엔 흥미를 잃어 그 대신 방 안 구석구석의 어둠을 탐욕스럽게 훑어대는 아이. 다락방의 어둠은 핥는 위치에 따라 다른 맛을 내는 신비로운 사탕, 질리지 않는 망상이고, 저는 언젠가 그 한 귀퉁이에서 발각되는 겁니다. "얘, 너는 누구니?" 그리하여 아이는 무해한 얼굴로 묻고, 아아, 제가 무슨 대답을 할 수 있겠습니까? "저나 제 동료들이 어쩌다 이런 꼴이 되었는지에 대해서는 여러 가지 얘기가 많지만 말입니다……." 공손하게, 저는 씁니다, 아득한 세월을 잡아먹고 자라난 증오스러운 언어로. 이따금 괴물의 탐욕스러운 눈길이 제 날개로 향함을 저릿저릿하게 느낍니다. 그럴 때면 저의 언어는 다급해지죠, 도망치듯이, 어떤 종착지에 가 닿으려는 협궤열차의 선로를 재빨리 돌리듯이…… 오로지 살고자 하는, 단 한 가지 욕망으로…… 자동기계처럼 씁니다……. 아직 날개를 접지 않은 편지 봉투 안쪽…… 봉합되지 않은 시간에서…….

작가의 말

해야 하는 말, 해선 안 되는 말, 하고 싶은 말, 하고 싶지 않은 말, 익숙한 말, 익숙하지 않은 말, 잘하는 말, 잘하지 못하는 말 사이에서 혼란스러운 나날이 오래 이어지고 있다.

어떤 말을 하지 않아서, 어떤 말을 해버려서 죄책감과 부끄러움을 느끼는 일이 잦다.

그러나 죄책감과 부끄러움을 느꼈다 해서 나의 말(하지 않음)이 잘못되었다 비약하진 않을 것이다. 죄책감과 부끄러움을 느끼지 않았다 해서 나의 말(하지 않음)이 잘되었다 비약하진 않을 것이다.

소설을 써오며, 적지 않은 시간 동안 제목 짓는 일에 능숙하지 못했다. 임시 간판이나 다름없는 제목으로 만

족하거나 끝끝내 마음에 드는 제목을 찾아주지 못한 소
설들이 많았다. 그러나 이상하게도, 여기 실은 소설들은
두 편을 제외하곤 모두 제목부터 떠올랐다. 달리 말하자
면 무엇을 쓰고 싶은지, 무엇을 쓰고 있는지 전에 없이
또렷한 나날이다.

이 또렷함이 언제까지 이어질지, 또 나와 나의 소설
과 나의 소설을 읽고 읽을 이들에게 얼마나 이로울지
잘 모르겠다.

좀처럼 익숙해지지 않는, 이상하리만치 또렷한 나날
이므로, 이 정도의 아리송함은 여기 같이 남겨두어도 나
쁘지 않을 것이다.

고마운 이들이 많다. 고마운 이들이 너무 많아, 나는
이들의 이름을 전부 알지도 못한다. 앞으로도 마찬가지
일 것이다. 어쨌든 지금 당신이, 그 고마운 이들 중 하나
였으면 좋겠다.

아마 그럴 것이다.

—

얼굴들, 벼락 같은

양순모

'강대호'라는 이름 뒤에 존재할 소설가의 얼굴은 어떤 얼굴일까. 그는 그가 깨부수어 쓴 "난자한 은빛 바닥 위론 아무것도 비치지 않았다"(「백색소음」)고 얘기하지만, 우리는 "그럼에도 여지없이—그래 마치 커튼콜처럼" "절대적인 어둠"을 뚫고 "푸른 여명"(「프란츠 카프카」)과 더불어 작가의 얼굴을 그려내고 만다. 그 얼굴은 얼핏 "악착같이 햇볕을 쫓"다가 "뭐라 불러야 할지 알 수 없"을, "끝내, 어쩔 수 없이, 없는 죄를 실토하는 아이"로 우릴 만들어버리는, 그런 늙은 "실루엣"(「삶은 모든 본질을 증발시킨다. 빛에 미쳐버린 해바라기」)처럼 보이기도 하고, 혹은 "(먹고) 살기 위해 무언가에 적응해야만 한다는 그 영원한 모멸감" 가운데 "너무나 특별하여 조금도 특별하지 않은, 더 없이 보편적인, 하나의 이목구비로 수렴되는" "악의로 가득 찬"(「지루하고 불가피하고 고압적이며 속을 헤아릴 수 없는 인생…」) 얼굴로 보이기도 한다.

하지만 이와 같은 작가의 얼굴은 "반투명 유리로 된 우리^{cage}" 가운데 "목격하는 모든 풍경 속에서 익숙함을 해독해낼 수 있게"(「프란츠 카프카」)된 독자가 스스로의 모습을 거울처럼 투사하며 반성적으로 구성해낸 세속적인 우리네 얼굴에 다름 아닐 것이다. 조로해버린, 동시에 환멸과 악의로 가득한 얼굴. 다만 우리는 그의 소설을 읽으며 어떤 수다한, 기묘하게 활기를 띤 얼굴 또한 상상하게 되는데, 따라서 여기에 한 가지 더 덧붙여야 할 작가의 얼굴이란 『스핀오프』가 "쓰이고 있는 이 테이블 위로 자꾸만 더러운 군침을 흘리는 (아기) 괴물"(「요정 이야기」)과 같은 얼굴일 것이다. 생기를 잃은 실루엣과 환멸과 악의로 가득한 얼굴로 표상되는 세계를 호기심 가득한 아기처럼 이렇게 저렇게 탐욕스럽게 만지작거리는 괴물의 얼굴 말이다. 그런데

저는 아직도 때때로 마주 보고 선 두 거울의 탑을 꿈꿉니다. 위로도, 아래로도 탑은 끝이 없습니다. 저는 한없이 달릴 뿐이

죠. 단어를 쫓는 것이 아니라, 단어에게 쫓기고 있음을 깨달은 후에도 달라지는 것은 없습니다. […] 공손하게, 저는 씁니다. 아득한 세월을 잡아먹고 자라난 증오스러운 언어로. 이따금 괴물의 탐욕스러운 눈길이 제 날개로 향함을 저릿저릿하게 느낍니다. 그럴 때면 저의 언어는 다급해지죠. 도망치듯이, 어떤 종착지에 가닿으려는 협궤열차의 선로를 재빨리 돌리듯이…… 오직 살고자 하는, 단 한 가지 욕망으로…… 자동기계처럼 씁니다……. 아직 날개를 접지 않은 편지 봉투 안쪽 봉합되지 않은 시간에서…….

_「요정 이야기」 중에서

소설은 소설의 대상으로서 인간뿐 아니라 소설의 주체로서 인간 모두를 되비추는 까닭에, 소설가는 괴물의 얼굴을 하고 있기도 하지만, 머잖아 괴물에 잡아먹히는 존재이기도 하다. 우리는 소설(가)과 더불어 스스로를 되돌아보며 반성적으로 존재할 수 있지만, 그러한 반성하는 '나' 역시 다시 대상이 되어 반성이 되풀이되지 않는 한, 어느덧 작가의 얼굴은 삶이 아닌 빛enlightenment 가운데 모든 것을 깨달은 생기 잃은 늙은 얼굴이 되고, 또 밀어닥쳐 오는 세속적 삶 가운데에서 환멸과 악의의 얼굴을 피하기 어렵다.

　　그렇다면 정직한 소설가는 괴물에게 잡아먹히지 않기 위해, 소설가로서 살아남기 위해, 세계를 비추는 거울과 작가 자신을 비추는 거울, 이렇게 두 개의 거울로 이루어진 "두 거울의 탑" 안에서, 거듭 쓴다. 작가는 쓰고 있는 중에만 정확히 작가이며, 그때에만 간신히 작가로서 괴물의 힘을 빌려오는 동시에 잠시나마 그로부터 자유로워질 수 있기 때문이다. 독자 또한 독서를 통해 위와 같은 힘과 자유를 획득하고자 한다면, 나아가 그것들의 형성에 기여하고 이를 증폭시키고자 한다면, 독자는 작가가 그려내는 '우리'와 '작가' 그리고 이로부터 벗어나려는 '작가의 욕망'까지를 함께 읽으며 작가의 얼굴을 새로이 구성해야 한다. 까닭에 작가는, 그리고 독자는 "최소한의 개별적인 구체성도 그려낼 수 없는, 어떤 누구도 아니고 다만 선험적으로, (우리)네의 일부라고만 말할 수 있는" 그리하여 우선 "k"(「요정 이야기」)라고 말해두기로 한 이름으로, '두 거울의 탑' 안에서, 새로운 k의 얼굴을, 구체적인 '강대호'의 얼굴(들)을 함께, 저마다 만들어간다.

　　거듭, 함께 만들어 갈 k의 얼굴을 그리는 한 방법으

로『스핀오프』의 가장 인상적인 알레고리로서 "가정부家政婦"를 '가정부假政府'로 독해하는 것. 예컨대 스피노자식 표현으로 "국가 속의 국가imperium in imperio"라고 하는 '나', 즉 "적법한 정부로 인정받지 못한 사실상의 정부"라고 하는 '나'로 독해하며, "거대한 시점"에서 한번 출발해보는 것. 그곳엔 '혁명'과 같은 "바깥 생활"에 대한 깊은 향수와 좌절이, "전혀 이야기되지 않"는 방식으로 이야기되기에, 비록 "연례행사"나 "계절병" 같은 것일지라도 그것은 "누군지 모를" 가정부들의 '주장'과 '소문들'에 의해 유지되는 이 '익명'과 "어쨌든"의 세계를 뚫고, 어떤 구체적인 얼굴을, 이야기를 만들도록 우리를 자극하는 것 같다.

그러니까 "역사란 벼락과 같다"(「백색소음」)고 할 때, 그것은 별수 없이 "디앤에이적 삶을, 전체가 걸어왔던, 걸어가게 될 역사를 한편의 단막극처럼 공연하는 것"(「프란츠 카프카」)일 테지만, 그렇다 하더라도, 그 단막극이 충분한 '어둠' 가운데 존재하는 것이라 한다면, 꽤나 절실하고 절절한, 그야말로 벼락과 같은 이야기가 될지 모를 일이다. 다만 "모든 죽음을 기어코 없었던 일로 만들고 마는" 우리로서는 저 어둠 속에서도 머잖아

"익숙해질 것"이기에, 그렇기에 우리 "옆에 있는 사사
로운 것들을 다르게 바라보고 이야기하는 법"(「지루하
고 불가피하고 고압적이며 속을 헤아릴 수 없는 인생…」)부
터 배우지 않으면 안 되겠지만, 안타깝게도 우리는 거기
서도 결코 어둠다운 어둠, 절망다운 절망과는 자꾸 반대
쪽으로 나아갈 수밖에 없을 것 같다.

　남는 것은 그렇다면 환멸, 스스로를 포함해 세계는
그야말로 환멸의 대상이며, 이 가정부들의 세계에서 어
떤 기대를 갖는 것이야말로 위험하고 안타까운 일이다.
그러나 다시 한번, 환멸이야말로 진정 가능할까. 그것
역시 우리에겐 불가능한 것 아닐까. 우리는 "예의 망상
적 태도"와 "호기심"과 같은 "아주 이상한 의지"에 따라
서도 생각하고 행동하는 까닭에, 환멸 역시 작가가 취하
는 하나의 포즈이자 잠시의 표정일 뿐임을 모르지 않는
다. 우리는 그의 소설 곳곳에서 쓰는 존재를 발견하며,
비록 그들에 대한 조롱과 냉소의 시선이 항시 함께 있
다 하더라도, 동시에 그들을 향한 포기하기 어려운 애정
과 더불어 어떤 기대가 존재하고 있음을 어렵잖게 확인
한다.

k는 불쑥 내게 핸드폰 화면을 내밀었다. 화면엔 건너편의 건물들이 역광에 가려 검고 장벽처럼 긴, 윗면이 고르지 못한 실루엣을 이룬 모양으로 찍혀 있었다. 화질이 나쁘지 않아 자세히 보면 실루엣 안으로 희미한 형태들이 구분되었으나, 그게 전부였다. 아래쪽 모서리가 어둠에 묻힌 조악한 창문 몇 개, 음영의 미세한 차이로 어렴풋이 감지될 뿐인 건물 간의 경계, 마치 지붕을 뚫고 뻗어 나온 것처럼 보이는 넓고 앙상한 수관, 그리고 허공에 떠 우리의 진입을 막고 있는 붉은 외눈.

"그건 그래도……꽤 아름답지 않습니까?"

나는 k가 핸드폰 화면과 풍경 중 무엇에 대해 말한 것인지 알아듣지 못했고, 알아듣지 못한 채로 잠시 정말 그렇다 아름답다 생각했는데, 그것이 내내 부끄럽고 불쾌했다.

_「지루하고 불가피하고 고압적이며 속을 헤아릴 수 없는 인생. 이 진부한 인물이야말로 인생의 진부함을 의미한다. 겉에서 볼 때 바스케스는 나에게 모든 것이다. 왜냐하면 나에게 인생은 모두 겉으로 보이는 것에 불과하기 때문이다.」중에서

독서 행위 안에서 작가와 독자 사이의 관계를 마조히즘의 원리로 간파하는 논의들은 작가와 독자 사이의 관계가 저 가정부들 사이의 관계에 유의미한 변화를 줄

수 있는 한 방식임을 보여준다. 요컨대 작가는 망치로 독자를 후려쳐 각성케 하고, 머잖아 그 독자는 또 다른 누군가에게 작가가 되어 각성을, 벼락을, 역사를 이어간다. 그 방식 역시 무수한 폭력으로 구성되어 있고, 또 부끄러움과 불쾌함을 동반하는 것이지만, 그 안엔 '아름다움'이라고 명명하거나 포장할 수 있을 법한 '무엇'이 있다. 그것이 무엇인지는 좀처럼 알기 어려운 것이겠지만, 작가와 독자 모두 온갖 욕망과 더불어 그것을 둘러싸고 쉽사리 자리를 뜨지 않는다. 어쩌면, 그러니까 "아아 소설!" "아아 이거 정말! 이거 정말" "참 좋은 취미"로서 소설!

　오늘날 소설이 그러한 역할을 해줄 수 있는지 묻는 행위조차 비아냥과 조롱의 형식 속에서나 가능한 것이겠지만, 벼락같이 찾아온 한 작가의 얼굴과 더불어 "하이에나" 같은 이 질문을 '거듭' 이어간다. 아아 소설! 이거 정말! 이거 정말…

스핀오프

강대호 연작소설집

발행일   2022년 1월 6일
발행인   이인성
발행처   사단법인 문학실험실
등록일   2015년 5월 14일
등록번호 제300-2015-85호

주소   서울 종로구 혜화로 47 한려빌딩 302호
전화   02-765-9682
팩스   02-766-9682
전자우편 munhak@silhum.or.kr
홈페이지 www.silhum.or.kr

디자인   김은희
인쇄   아르텍

ⓒ강대호
ISBN 979-11-970854-8-2 03810
값 10,000원